DES PAS SUR LA PAGE

DU MÊME AUTEUR

Les Pleurantes. De la blessure originelle à la création, récit publié par l'auteur, avec illustrations, 1998 (nouvelle édition en préparation)

Pays d'épaule et de mousse, poésie, Ripon, Écrits des Hautes-Terres, 2000

Je veux rentrer chez moi. Récit d'un accompagnement, Montréal, Fides, 2005 (prix Abitibi-Consolidated 2005, catégorie récit)

Marité Villeneuve

DES PAS SUR LA PAGE

L'écriture comme chemin

FIDES

Conception graphique : Gianni Caccia
Mise en pages : Yolande Martel
En couverture : © Marc Chagall, *Les jambes*, 1925

Catalogage avant publication de Bibliothèque et Archives nationales du Québec et Bibliothèque et Archives Canada

Villeneuve, Marité

Des pas sur la page : l'écriture comme chemin

ISBN 978-2-7621-2822-2

1. Création littéraire. 2. Écriture - Aspect psychologique. I. Titre.

BF408.V54 2007 153.3'5 C2007-941359-5

Dépôt légal : 3e trimestre 2007
Bibliothèque et Archives nationales du Québec

Les Éditions Fides reconnaissent l'aide financière du gouvernement du Canada par l'entremise du Programme d'aide au développement de l'industrie de l'édition (PADIÉ) pour leurs activités d'édition.
Les Éditions Fides remercient de leur soutien financier le Conseil des Arts du Canada et la Société de développement des entreprises culturelles du Québec (SODEC).
Les Éditions Fides bénéficient du Programme de crédit d'impôt pour l'édition de livres du Gouvernement du Québec, géré par la SODEC.

IMPRIMÉ AU CANADA EN SEPTEMBRE 2007

À la mémoire de mon père
qui m'a légué sa fierté de la langue
et l'amour des mots

Avant-propos

Ce livre est le fruit d'un lent mûrissement. Il est d'abord issu de textes publiés dans la *Revue québécoise de Gestalt* entre 1997 et 2004. Ces écrits sur l'écriture et la création m'ont permis de poser les premiers jalons de cet ouvrage. Il a mûri aussi à travers les cours et les ateliers en création littéraire que j'ai donnés depuis une quinzaine d'années dans différents milieux : formation des thérapeutes et des étudiants en psychologie, université du troisième âge, bibliothèques publiques, loisirs littéraires, réseaux des histoires de vie, clientèle privée. Il a trouvé son souffle et sa forme à travers ma démarche d'écrivaine : nouvelles, récits, poésie. Entre les lignes, au fil du temps, l'écriture se faisait chemin.

Les premiers chapitres parlent du croisement fertile de la psychologie et de la poésie dans ma vie. On retracera les terreaux philosophiques et humanistes dans lesquels se sont enracinées mes premières réflexions sur l'écriture. J'y relate également mon passage de la pratique clinique – j'ai été psychologue pendant plus de vingt ans – à la création littéraire : non pas rupture mais continuité de celle qui a toujours cherché à mettre des mots sur les maux. Je montre comment tout métier, toute passion – comme celles de soigner ou d'écrire –, s'enracinent dans une histoire de vie.

Plusieurs références littéraires traversent l'ouvrage. Je les ai choisies à partir d'auteurs qui ont été pour moi des compagnons de route, des poètes et des romanciers qui m'ont éveillée à la vie des mots et m'ont révélé l'univers du langage. Il y a ainsi des mots, des phrases lumineuses, qui nous aident à défricher notre propre chemin.

À travers le récit d'expériences vécues en atelier, le lecteur pourra trouver, tout au long du parcours, des pistes pratiques – parfois ludiques ou fantaisistes – pour stimuler sa créativité, explorer son univers, poser un regard neuf sur sa vie, nourrir sa démarche d'écriture ou son expérience dans l'animation d'ateliers.

Cet ouvrage puise avant tout sa motivation dans ma passion d'apprendre et dans mes nombreux questionnements. Qu'est-ce qui nous pousse à créer ? Est-ce une nécessité ? Quelle en est la source dans nos propres vies ? Y a-t-il des facteurs qui favorisent (ou limitent) notre créativité ? Pourquoi y trouve-t-on souvent des effets bénéfiques ? Peut-on se « soigner » par l'écriture ? Transformer nos blessures en œuvre ? Voire en œuvre… d'art ?

Ai-je trouvé des réponses éclairantes ? Je ne sais pas. Mais j'ai du plaisir à me rappeler ce conseil de Rilke dans ses *Lettres à un jeune poète* : « Efforcez-vous d'aimer *vos questions elles-mêmes*. […] Ne vivez pour l'instant que vos questions. Peut-être simplement en les vivant, finirez-vous par entrer insensiblement, un jour, dans les réponses. » J'espère être entrée quelque peu dans les réponses, sinon j'aurai aimé suffisamment mes questions pour avoir envie de les partager avec vous.

Ce livre parle donc du « métier d'écrire » mais aussi, indissociable de celui-là, du « métier d'être ». D'être soi. Homme ou femme. De ce métier d'humain qui consiste à intégrer les formes variées que prend notre être au cours de la vie, ses émotions complexes, ses zones d'ombre et de lumière, son désir de complétude. Un travail qui peut s'effectuer de diverses façons, mais aussi par l'écriture.

Car créer, c'est en même temps « se créer » : c'est prendre forme, à petits pas, sur la page. Un long trajet que j'appelle, dans le dernier chapitre, la « petite voie » de l'écriture. Où la persévérance et la ferveur sont au rendez-vous, ainsi que le détachement et l'humilité. Mais aussi le plaisir et l'aventure, la découverte et l'invention, la création et la [re]création… Tel un tableau de Chagall qui exprimerait toute la joie du chemin !

M.V.

RACINES ET INTUITIONS
Mon *credo*

> *Tous nos rêves d'enfant sont à reprendre*
> *pour qu'ils gagnent leur plein essor de poésie :*
> *c'est la tâche que devrait accomplir la poético-analyse.*
> *Mais comment l'essayer : il faudrait pour cela*
> *être psychologue et poète.*
>
> GASTON BACHELARD

J'ai reçu l'amour des mots en héritage. Une enfance à côtoyer les livres et les contes. Un grand frère qui écrit. Une mère qui s'extasie devant un coucher de soleil sur le lac Saint-Jean ou les petites fraises des champs. Un père qui raconte la légende d'Alexis le Trotteur et autres récits régionaux, tout en nous renseignant sur l'étymologie des mots que nous ne connaissons pas. Celui-ci vient du grec, celui-là du latin. *Saguenay*, d'origine amérindienne, signifie : eau qui sourd. Psychologie : du grec *logos*, science, et *psyché* qui veut dire âme : la science de l'âme. J'ai sept ou huit ans et je sais déjà que les mots ont des racines et qu'ils poussent comme des champignons sur le sol de nos mémoires. Attirée par cette « science de l'âme », j'obtiens en 1971 une maîtrise en psychologie.

1976. Marie Cardinal vient de publier *Les mots pour le dire*. Bouleversée par ce livre, je pars en quête de mes propres mots. Je cherche un lieu pour me dire. De fil en aiguille, j'aboutis dans mes premiers groupes de croissance personnelle. J'y trouve une famille où je peux me rencontrer, être moi-même. Spontanéité, authenticité, accueil, ouverture à l'expérience, autant de valeurs désormais ancrées en moi. Le désir d'être psychothérapeute s'intensifie. Je veux aider les autres à mettre des mots sur leurs maux.

Californie, 1980. Les nouveaux courants de psychologie prolifèrent. Il se déploie sur le sol californien dans ces années-là, en même temps que les mouvements de libération et le *flower power*, une prodigieuse énergie de transformation. Plusieurs grands noms de la psychothérapie s'y retrouvent, ceux dont on parle dans les groupes de formation humaniste que je fréquente. Comment ne pas être attirée par ces courants d'énergie et de créativité ? Je passerai deux mois sur la côte californienne au cours de l'été 1980, dont une semaine à Esalen, lieu rendu célèbre notamment par Fritz Perls, le père de la Gestalt-thérapie, qui y vécut dans les dernières années de sa vie. Je ferai aussi un stage d'un mois avec Erv et Miriam Polster, élèves de Perls et formateurs de thérapeutes gestaltistes, installés à La Jolla, près de San Diego.

Sur le sable chaud de La Jolla, l'existence est bonne. Les mouettes dansent avec la mer. Au sein du groupe de formation dirigé par Erv et Miriam, il y a place pour le jeu et pour l'étonnement. Miriam dit : « Cherchez toujours ce qui vous fascine chez une personne. » Et encore : « Si vous voulez comprendre la vie et comprendre les personnes, ne lisez pas que de la psychologie, lisez aussi de la littérature, lisez des romans. » Cette invitation me sourit. « Suivez le client. Allez là où se trouve la vie. Là où est l'énergie. »

Une histoire d'amour

Là-où-est-l'énergie me conduit, en 1985, vers un premier cours en création littéraire, à l'Université Laval. Je tenais un journal depuis une dizaine d'années. J'avais aussi commencé un livre sur le thème de la transformation intérieure dans lequel je faisais une large place au rêve et à l'imaginaire. Un ouvrage que je voulais créatif, ponctué de poèmes et de contes. Je me suis donc inscrite en création littéraire, un seul cours me disais-je, histoire d'assouplir ma plume. Et là, j'ai un coup de cœur. C'est ce qui m'est arrivé : un coup de foudre, un choc (on pourrait dire aussi un appel). Resurgit chez moi la magie de l'enfance, la magie des mots. Poésie, essai, nouvelle : j'aime tout ! Parallèlement à mon métier de thérapeute, je ferai en trois ans le programme complet du certificat.

C'était pour mon plaisir, écrire occupait tous mes temps libres. Une véritable passion. Mais voilà, je suis psychologue, un métier qui me passionne également. Comment intégrer cette écriture qui prend de plus en plus de place dans ma vie et, il faut bien l'admettre, bouscule mon langage et ma vision de thérapeute, désynchronise mon oreille de thérapeute ? Je ne vois plus le monde de la même façon ; je n'entends plus les mots de la même façon. Il faudra attendre presque une décennie pour que j'arrive à créer un espace où écriture et transformation intérieure se marient. Un espace qui est à la fois espace de jeu, de création, et lieu de rencontre avec soi et le monde. Une invitation à donner un cours sur le développement de la créativité littéraire individuelle, à l'Université Laval, à l'hiver 1993, m'en donnera l'occasion.

Durant la session, les étudiants (inscrits en lettres pour la plupart) sont invités à produire un texte autobiographique relatant leur itinéraire à travers l'écriture, activité qui vise à leur faire retrouver les racines de leur créativité, les expériences de leur vie qui ont favorisé et nourri leur désir d'écrire. Je suis étonnée des bénéfices psychologiques récoltés par certains étudiants qui se sont engagés à fond dans cette brève aventure. Approfondissement de la connaissance de soi, libération d'émotions due à l'expression d'événements jusque-là tenus secrets, redécouverte de souvenirs oubliés, fragments de vie, étincelles d'où peut jaillir l'impulsion créatrice : une impression ressentie au bord d'un ruisseau un jour, une histoire racontée par un oncle en visite, une rencontre avec un auteur, une phrase d'un livre, un certain été, un certain amour, un certain chagrin…

Genèse des ateliers

À la suite de cette expérience d'enseignement, j'ai commencé à offrir des ateliers d'écriture créative, puisant abondamment dans les rêves, la rêverie, les souvenirs d'enfance, ainsi que dans l'expérience et l'émotion du moment présent. « Vous accueillez tout ce qui vient, comme ça vient, sans juger, sans évaluer. » J'en étais encore à mes premiers ateliers quand une femme qui avait fait une longue thérapie me dit à la fin d'une session : « Je ne savais pas que j'avais eu une enfance aussi belle ! » Comment cela se pouvait-il ? Comment la perception de son histoire avait-elle pu changer en une dizaine de semaines d'écriture ? À ressasser pendant des années ses blessures et ses abandons (bien réels), elle avait oublié la trame de fond sur laquelle son enfance s'était déroulée : la maison, la nature, une sensibilité poétique dont elle avait hérité, un accès aux livres qui l'avait sauvée. Pendant plusieurs années, il y avait eu une figure centrale, la souffrance, et le fond était resté dans l'ombre, à l'arrière-plan. Et l'écriture lui faisait rencontrer des jardins secrets. Des pans d'enfance, des images, des détails enregistrés dans les replis de son être resurgissaient sous des formes diverses.

Si l'artiste en moi, la littéraire, est souvent touchée par la beauté des textes lus en atelier, la psychologue ne cesse de s'étonner de leurs effets bénéfiques. Et pourtant, les ateliers que j'anime n'ont pas de visée thérapeutique ; on n'y vient pas poussé par un mal-être ou un malaise dans sa vie. La motivation première n'est pas la nécessité d'un changement, mais plus souvent le plaisir. Plaisir de l'écriture et de la découverte. Plaisir de rencontrer d'autres personnes qui ont les mêmes affinités, une même sensibilité aux mots et à la poésie de la vie. La vie qui nous est révélée derrière les barrières des habitudes et du quotidien ; la vie au-delà des anecdotes qui sont souvent « des accidents qui cachent la substance », pour utiliser une expression de Gaston Bachelard, « des fleurs fanées ».

C'est en lisant Bachelard et dans les terreaux humanistes où s'est enracinée ma formation que j'ai trouvé les premiers éléments de réponse à cette question : « Mais pourquoi l'écriture est-elle donc si bénéfique ? »

Bachelard et le noyau d'enfance

Quelle enfance cherche-t-on à travers ses souvenirs ? De quelle enfance s'agit-il quand on écrit ? Ce que le poète réveille en nous, écrit Bachelard[1], c'est « un état de neuve enfance, d'une enfance qui va plus loin que les souvenirs de notre enfance ». Car il y a l'enfance connue, celle des événements et des dates, des souvenirs remémorés ou racontés par les autres, mais il y a aussi l'enfance comme « état d'âme », « en nous, encore en nous, toujours en nous », et que nous retrouvons dans nos rêveries.

Dans sa *Poétique de la rêverie*, Bachelard défend la thèse selon laquelle il y a en nous, au-delà des faits d'une vie, au-delà des événements, au-delà de l'histoire personnelle et des « zones de regret », un « noyau d'enfance permanent ». Pour accéder à ce noyau d'enfance, il faut ajouter à la mémoire,

1. Toutes les citations de Gaston Bachelard dans ce passage sont tirées du chapitre « Les rêveries vers l'enfance », in *La poétique de la rêverie*, Paris, PUF, 1984 (1960), p. 84-123.

l'imagination. Il laisse à la psychanalyse le soin de dénouer les « concrétions malheureuses » reliées à des événements et veut rendre à l'être ce noyau d'enfance tel qu'on le trouve dans « les eaux calmes de la rêverie », ces « eaux obscures qui dorment au fond de toute vie ». Pour Bachelard, chaque image retrouvée est porteuse d'avenir. Chacune renferme des possibilités que le destin n'a pas su utiliser. À travers la rêverie, le passé mort en nous a un avenir. Si les rêves nocturnes vont vers le passé, la rêverie, elle, est tournée vers l'avenir et nous permet d'élargir le monde, de l'inventer. Et ce sont les moments de solitude et d'ennui, ceux où il ne se passe rien, qui favorisent chez l'enfant le terreau propre à cet état de rêverie.

L'écriture, et particulièrement l'écriture poétique, nous convie en ces lieux où la solitude et la douleur, la blessure et la mort, dépassent l'histoire personnelle, là où l'expérience traumatique devient expérience initiatique, univers de symboles et de représentations, là où soi et l'autre se rencontrent. Mais pour y accéder, dit encore Bachelard, il faut « désocialiser » la mémoire, celle des dates et des faits, lui ajouter une dimension d'imagination et de poésie, rendre aux souvenirs leur « atmosphère d'image ». « C'est seulement par le récit des autres que nous avons connu notre unité. Sur le fil de notre histoire racontée par les autres, nous finissons, année par année, à nous ressembler. Nous amassons tous nos êtres autour de l'unité de notre nom… Mais la rêverie ne raconte pas… » La rêverie nous aide à descendre si profondément qu'elle nous débarrasse de notre histoire ; elle nous libère de notre nom… Elle nous amène vers notre « être inconnu », celui qui réalise « l'étonnement d'être… » Et qui nous fait dire parfois : « Je ne savais pas que j'avais eu une enfance aussi belle ! »

Hillman et le fondement poétique de l'esprit

James Hillman, un psychanalyste jungien reconnu pour sa pensée originale, fait lui aussi, dans son approche, une large place à la dimension imaginative. Dans *La beauté de Psyché*, il développe une vision de la psychologie enracinée non dans la science, mais dans l'esthétique et dans l'imagination. Pour lui, chaque fragment de vie, chaque fragment de rêve peut être considéré comme un mythe ou comme de la poésie. S'intéresser à l'histoire des gens est plus important que de mettre l'accent sur leurs symptômes, affirme-t-il. Parfois même, c'est son histoire et non la personne qui a besoin d'être soignée : son histoire a besoin d'être réimaginée à neuf[2]. « Le psychisme énonce constamment des choses intelligibles, fabriquant des rêves et des symptômes, des mondes imaginaires et des états d'âme[3]. » Un symptôme a autant de raisons d'être qu'une souffrance. C'est au thérapeute qu'il revient d'en trouver la poésie et la forme dramatique.

Pour Hillman, la psychothérapie est « une activité imaginative de l'âme ». Et « l'imagination entrevoit l'âme même dans nos mots[4] ». C'est pourquoi il préconise une approche qui accorde une grande attention au langage. Il déplore le fait que la psychologie soit remplie de mots qui ont perdu leur « résonance imagistique », de « mots psychologisés et pathologisés[5] » depuis cent cinquante ans. Nous n'osons plus nous abandonner aux mots en tant que porteurs de sens, dit-il. Dans un livre ultérieur écrit en collaboration avec Michael Ventura, il réclame « des théories qui nous

---

2. J. Hillman, *La beauté de Psyché. L'âme et ses symboles*, Montréal, Le Jour, 1989, p. 316.

3. *Ibid.*, p. 310.

4. *Ibid.*, p. 244-245.

5. *Ibid.*, p. 260.

époustouflent, comme peut le faire l'art, pas qui nous assoupissent[6] ». La vie « *peut être pensée, imaginée et exprimée.* Elle ne peut être diagnostiquée, elle doit être contemplée, observée[7] ».

Le travail essentiel de la thérapie consiste donc, pour Hillman, à affiner la sensibilité esthétique. Il soutient – ce qui me rappelle le conseil de Miriam Polster – que « la psychologie aurait intérêt à se tourner du côté de la littérature ». « Dans une thérapie fructueuse, il y a collaboration entre les fictions, une re-vision de l'histoire pour en tirer une intrigue plus imaginative[8]. » Il rappelle aussi que les blessures et les cicatrices sont « la matière première du caractère » et « le matériau brut de l'art ». « Le mot caractère signifie, à l'origine, "marqué ou gravé avec des lignes nette", comme des cicatrices initiatiques. [...] Si tu es un artiste, tu *sais* que ce matériel est ton minerai – tu le sais, et c'est pourquoi de nombreux artistes évitent toute thérapie. Ils ne veulent pas mal traiter ce minerai[9]. »

Une artiste nous le confirme, Nancy Huston, qui écrit dans son *Journal de la création*, après avoir étudié la vie de plusieurs écrivains : « En d'autres termes, le roman familial de ces enfants est *toujours-déjà hautement romanesque*. Il se prête à merveille aux spéculations, aux fantasmes, aux révisions et aux ratures... en un mot, à l'écriture. Le mythe est né. Le héros-écrivain pourra puiser à l'infini dans son enfance (tel Homère dans le fonds mythologique grec),

6. J. Hillman et M. Ventura, *Malgré un siècle de psychothérapie le monde va de plus en plus mal*, trad. de l'amér. par Yannik Piel, Londres, Ulmus LTD, 1998 (1992), p. 79.

7. *Ibid.*, p. 85. Ce sont les auteurs qui soulignent.

8. J. Hillman, *La beauté de Psyché*, *op. cit.*, p. 317.

9. J. Hillman et M. Ventura, *Malgré un siècle de psychothérapie...*, *op. cit.*, p. 34-35. Ce sont les auteurs qui soulignent.

réécrivant son histoire à travers mille transpositions, projections, déplacements et mensonges[10]. »

Décrivant « le fondement poétique de l'esprit », Hillman parle de la nécessité de revenir vers une parole inspirée – et inspirante. Ce qu'il entend par là, c'est une parole qui réfère à « un langage mythique, métaphorique », teinté d'ambiguïtés, c'est-à-dire ouvert à l'imagination et aux multiples interprétations possibles. Ce langage débouche sur la participation: « Il est fait d'histoires et d'intuitions qui suscitent de nouvelles histoires et de nouvelles intuitions chez celui qui écoute, comme les chansons et les poèmes font surgir de nouveaux airs et de nouvelles strophes. [...] [Il] ne vient pas des courants d'écoles et il peut être "simple et frustre" [...] Il est rempli de métaphores corporelles, d'images du corps; il émane du corps "imaginant" pour mieux l'atteindre ensuite de façon à mettre l'âme en mouvement [...] Un tel langage atteint chaque être humain à son niveau le plus profond...[11] »

« La thérapie, écrit-il, est donc l'amour de l'âme. » Et la créativité, « *un accomplissement de l'amour*[12] ».

Quand j'ai découvert l'œuvre de James Hillman, j'étais déjà engagée dans une démarche littéraire. Sa vision de la psychothérapie venait établir un pont entre ma sensibilité au langage et le travail clinique que j'effectuais alors. Je retrouvais aussi ce qui m'avait conduite vers la psychologie, non pas tant « science de l'âme » que « amour de l'âme », fascination devant les chemins qu'elle prend pour s'exprimer, devant son langage et sa capacité à « fabriquer des rêves », des histoires et des mondes. C'est aussi ce qui me portait et qui me porte encore vers l'écriture.

---

10. N. Huston, *Journal de la création*, Babel/Actes Sud, 2001 (1990), p. 163. C'est N. Huston qui souligne.

11. J. Hillman, *La beauté de Psyché*, *op. cit.*, p. 261.

12. *Ibid.*, p. 118 et 121. C'est Hillman qui souligne.

Cyrulnik et la créativité salutaire

Parmi « les mécanismes de défense coûteux mais nécessaires » qui rendent possible la résilience – cette capacité qu'ont certaines personnes de rebondir après une épreuve –, Boris Cyrulnik souligne : « Et surtout la créativité. » Selon lui, le talent consiste à « exprime[r] l'indicible grâce au détour de l'œuvre d'art[13] ».

J'ai entendu l'anthropologue et conteur Jean Duberger dire quelque chose de semblable en conférence : « Quand on est capable de raconter sa vie sous forme de conte ou en humour, on est sauvé. » L'humour et la fiction permettent de se distancier de son histoire. Mais il y aura eu d'abord la rêverie. « La fantaisie constitue la ressource interne la plus précieuse de la résilience[14]. » C'est parce qu'ils ont pu rêver que certains enfants ont réussi à surmonter des épreuves inimaginables. Et parce qu'ils ont rencontré sur leur route des individus qui leur ont offert des outils de création. « La rêverie peut donc modifier la manière dont on ressent ce qui nous entoure, le goût du monde, en quelque sorte[15] » mais, pour « tisser » sa résilience, il faut aussi avoir la possibilité de « transformer sa rêverie en création ». Cyrulnik compare la résilience à une sorte de tricot où se nouent les ressources d'un individu et les possibilités d'un environnement qui l'accueille et le soutient. Il faut les deux.

Pour Cyrulnik, tous les enfants blessés sont contraints à la création (ce qui ne signifie pas, précise-t-il, que tous les créateurs sont des enfants blessés). Mais l'enfant blessé est contraint de trouver des solutions créatives pour s'en sortir.

---

13. B. Cyrulnik, *Les vilains petits canards*, Paris, Éditions Odile Jacob, 2001, p. 25.

14. *Ibid.*, p. 164.

15. B. Cyrulnik, *Le murmure des fantômes*, Paris, Éditions Odile Jacob, 2003, p. 142.

Et s'il est contraint de créer, il est aussi contraint de le faire d'une manière socialement recevable afin de ne pas répéter la blessure. Car il y a deux temps dans un trauma. Le premier, c'est le coup lui-même, la blessure proprement dite, l'agression. Le second, c'est le traumatisme qui vient du regard que l'autre porte sur la blessure dévoilée : l'horreur, l'indignation, la honte, quand ce n'est pas la négation ou le rejet. Dire son histoire permet de retrouver un sentiment d'unité, de reconstruire un moi délabré. Mais c'est aussi risquer à nouveau le regard de l'autre, son indifférence ou son jugement, risquer de se rendre plus vulnérable qu'on ne l'était dans le silence. Le choix d'un mode d'expression sera donc important, ainsi que les lieux pour se dire : à l'intérieur d'une thérapie, par l'intermédiaire d'une œuvre d'art, d'un engagement social pour une cause, etc.

Pour Cyrulnik, « [l]'écriture rassemble en une seule activité le maximum de mécanismes de défense : l'intellectualisation, la rêverie, la rationalisation et la sublimation. Elle permet en même temps de s'affirmer, de s'identifier, de s'inscrire dans une lignée glorieuse, et surtout de se faire accepter tel qu'on est, avec sa blessure, car tout écrivain s'adresse au lecteur idéal[16]. »

Écrire, réaliser une œuvre artistique, c'est « donner forme à l'ombre » que le blessé porte en lui[17]. Un récit, une narration, c'est une reconstruction du passé qui permet de modifier l'émotion et de s'engager différemment. « Il n'y a pas de création sans effet. Tout ce qui est inventé agit sur le psychisme de celui qui l'invente[18]. » Ainsi, l'écriture, la création nous transforme. Et nous nous « tricotons » tout au long de

16. B. Cyrulnik, *Un merveilleux malheur*, Paris, Éditions Odile Jacob, 1999, p. 195.

17. B. Cyrulnik, *Le murmure des fantômes*, *op. cit.*, p. 146.

18. *Ibid.*, p. 141.

la vie, dit encore Cyrulnik, à travers nos acquis et les rencontres successives que nous ferons.

Pour moi qui ai choisi de me « tricoter » au moyen de l'écriture, j'ai compris qu'il y avait un saut à faire de l'expression à la création. Il y a le travail sur le langage, la maîtrise d'une forme. Un récit est plus qu'un témoignage et n'est pas une fiction ; c'est une reconstruction de la réalité qui nécessite un travail sur la mémoire et sur les mots. J'ai compris aussi qu'il fallait écrire et faire écrire des histoires, des histoires créatives, des histoires fantaisistes, des histoires qui remettent en route la rêverie et qui permettent de transformer le vécu en création.

White et la thérapie narrative

J'animais déjà des ateliers d'écriture créative et l'idée mûrissait en moi d'offrir une démarche de récit de vie quand j'ai eu le plaisir de découvrir l'approche narrative de Michael White, d'abord lors d'une journée de sensibilisation et plus tard dans un séminaire de formation avec Michael White lui-même, créateur de cette approche[19].

Nous étions cent dans la salle, peut-être plus, à être captivés par cet homme doux et modeste qui enseigne comme on raconte des histoires. Travailleur social d'origine australienne, Michael White a développé une vision du changement où s'entrecroisent le social et le psychologique. Pour lui, chaque personne vit en fonction d'un récit qu'elle s'est construit, ou qu'on lui a transmis, à propos de sa propre histoire. Cela devient un « récit dominant ». Et ce récit, qui

19. Journée de sensibilisation et séminaire de formation offerts par le Centre de psychothérapie stratégique de Montréal, mars 1995 et avril 2000. Pour en savoir plus sur cette approche : M. White et D. Epson, *Narrative Means to Therapeutic Ends*, New York, W. W. Norton & Company, 1990.

n'est pas librement choisi – le langage étant façonné par le contexte social et politique dans lequel nous vivons –, l'amène à laisser en marge les éléments qui ne cadrent pas avec ce scénario pour en privilégier d'autres. Les gens qui arrivent en thérapie seraient, selon White, enfermés dans un « récit dominant non satisfaisant ». Tout le travail de la thérapie consiste alors à faire ressortir une « version alternative » qui peut exister si l'éclairage est mis sur les épisodes ou les chapitres laissés en marge. Il s'agit donc de « réécrire » une histoire différente et libératrice, solidement ancrée dans la vie de la personne. C'est un travail de déconstruction des vérités absolues et souvent douloureuses que les gens ont parfois sur eux-mêmes et sur leur vie.

White déconstruit aussi bon nombre de concepts psychologiques, dont les étiquettes, pour explorer plutôt la vie du client : ce qui le guide, ce qui lui donne de l'espoir, ce qui l'a gardé en vie dans les moments difficiles. On retrouve chez lui – comme chez Polster et Hillman – cette invitation à développer fascination et curiosité par rapport à sa propre histoire. Et quel plaisir de l'entendre citer Bachelard parmi ses influences philosophiques ! Nous naviguions dans les mêmes eaux ! Les rêves nocturnes, dit-il, vont vers le passé. Les rêves diurnes permettent de nous dégager du passé. La rêverie nous conduit à apprécier l'immensité du monde. Pour réinventer sa vie, il faut être capable aussi de la rêver…

Pour White, l'identité est conçue comme un projet continu. Il ne s'agit pas de retrouver une « identité perdue », ni de « devenir ce que l'on est », mais de « devenir ce que nous n'étions pas ». Agrandir le territoire de l'identité, élargir ce moi en devenir. Et dans cette optique, dit encore Michael White, ce n'est pas la profondeur que l'on cherche, mais l'*épaisseur*…

Moi qui ai longtemps aimé et cherché la profondeur, qui ai passé quelques années sur un divan d'analyse – un des voyages les plus passionnants de ma vie –, cette idée nouvelle d'épaisseur me séduit. Je découvre un tout autre paradigme. Beaucoup de personnes, dit-il, ont une idée très mince de leur vie. « Je suis né-e à tel endroit. Mon père faisait ceci, ma mère cela. J'ai une sœur qui est morte quand j'avais cinq ans. On disait de moi que j'étais un enfant renfermé… Que voulez-vous savoir d'autre, docteur ? » C'est par le biais de la narration que la vie d'une personne prend peu à peu de l'épaisseur. C'est en se racontant que l'on se reconstruit et qu'on reconstruit son histoire. Et en lisant : un auteur aimé, auquel on revient souvent, nous renvoie en écho des aspects de nous-mêmes. Les bons écrivains engagent notre imagination et notre expérience. De la lecture à l'écriture, il n'y a souvent qu'un pas. Michael White dit qu'au début il parlait même de « thérapie littéraire » à propos de son approche, un mot qu'il a délaissé pour « thérapie narrative ». Et bien que ce travail de « réécriture » de sa vie se fasse le plus souvent dans le cadre de conversations thérapeutiques, lui et ses collaborateurs utilisent également l'écriture, au sens littéral du terme (lettres, documents écrits, etc.).

Oui, j'étais ravie d'entendre tout cela ! Cette idée d'une « réécriture » de son histoire venait confirmer des intuitions que je portais déjà. Hillman, sur un ton tout à fait différent et par une autre voie, m'avait ouvert une porte en écrivant que parfois ce ne sont pas les personnes qui ont besoin d'être soignées, mais leur histoire. Une pratique d'écriture créative peut avoir de tels effets, même si le but visé n'est pas celui-là. Écrire sur soi, ou à partir de sa vie, comme jamais on ne l'a fait auparavant ; se présenter aux autres avec des mots neufs nous éloigne d'un « récit dominant ». Cela transforme et allège la vision de soi et de sa vie.

Perls et la fluidité

J'ai toujours pensé qu'il y a plusieurs façons de regarder les choses, qu'on peut voir les problèmes sous des angles différents, en changeant de lunettes. Cette curiosité m'a amenée à étudier diverses approches de la psychothérapie. J'ai commencé par les courants humanistes dont découle la Gestalt, ce qui m'a amenée en Californie. J'ai eu mes années de psychanalyse et de divan. J'ai eu mes années de formation dans les thérapies brèves et axées sur les solutions, auxquelles se relie la pratique narrative de Michael White. Bien que mes racines soient solidement ancrées dans les terreaux humanistes, ma fidélité va au-delà du choix d'un courant théorique. C'est d'abord à des individus créateurs que va ma reconnaissance pour l'héritage qu'ils nous lèguent.

À propos des théories, d'ailleurs, Laura Perls disait : « J'aime voir toutes les théories, la Gestalt y compris, comme des hypothèses de travail, des construits auxiliaires que nous échafaudons et auxquels nous adhérons dans le but de communiquer, de rationaliser et de nous expliquer sur nos façons d'aborder les phénomènes. Ces construits sémantiques, s'ils sont en eux-mêmes continus et cohérents peuvent, comme l'œuvre de Freud, constituer de grandes œuvres d'art et, à ce titre, être une expression valable, un stimulant de l'expérience et de l'évolution d'un certain nombre de personnes dans une culture donnée. Toutefois, telle une gestalt fixe, ils risquent, dans certaines circonstances, d'entraver le développement d'une personne, d'une relation, d'un groupe ou d'une culture entière[20]. »

C'est cet esprit créateur, insufflé par Fritz Perls, son fondateur, qui m'attira au départ vers la Gestalt, une approche

20. L. Perls, *Vivre à la frontière*, trad. de l'anglais et préfacé par Janine Corbeil, Montréal, Les éditions du Reflet, 1993, p. 96.

branchée sur la vie et sur les capacités d'autoguérison et de création de l'être humain. Emprunté à la psychologie de la forme, le mot Gestalt vient de l'allemand et implique une idée de totalité. Plus qu'une méthode de traitement, la Gestalt est aussi une philosophie, un art de vivre. Né en 1893 dans le ghetto juif de la banlieue berlinoise, Friedrich Salomon Perls, docteur en médecine, psychiatre et psychanalyste, débarque aux États-Unis en 1946 et mettra en place, avec son épouse Laura, une approche qui bouleverse les courants de pensée de l'époque. Installé à Esalen vers la fin de sa vie, il y écrira son dernier ouvrage, *Ma Gestalt-thérapie. Une-poubelle-vue-du-dehors-et-du-dedans*[21], qui renferme l'essentiel de sa théorie. Il s'agit d'un véritable essai littéraire, à la fois autobiographique et psychologique, où s'entrecroisent poèmes et réflexions, dessins humoristiques, dialogues intérieurs, idées foisonnantes et critiques rationnelles, où les « gestalts », loin d'être fixes, se succèdent sans interruption. C'est le défi qu'il se donne dans ce livre où il se promet de n'écrire que ce qui se présente, au moment où ça se présente. De son projet d'écriture, qui est en même temps une recherche sur la forme, en suivant son propre rythme, il dit :

Je voulais discuter.
Je veux aussi apprendre
À écrire des vers.
Pas des vers qui riment, mais qui se suivent
En cadence comme des vagues,
Avec des hauts et des bas,
Des vers qui coulent comme une eau
En murmurant tout doucement.

21. F. S. Perls, *Ma Gestalt-thérapie. Une-poubelle-vue-du-dehors-et-du-dedans*, trad. de l'amér. par A. Destandou et R. Daillie, Paris, Tchou, 1976 (1969).

Prose pourtant, pour dire ce qui s'impose
À l'esprit et au cœur.
Ni science desséchée
Ni poésie.
Gestalt surgissant de la terre[22].

Quelle image pourrait mieux définir une gestalt – mouvement continu, forme, totalité – que celle d'une vague qui se gonfle dans la continuité de la précédente, prend toute son amplitude avant de venir mourir sur la grève ? Les processus vitaux qui ordonnent notre vie, à commencer par la respiration, suivent la même séquence. Pour Perls, la névrose vient d'une interruption dans le cours naturel de la vie, comme une « succession de gestalts interrompues ». Être en harmonie, c'est retrouver ce mouvement naturel.

S'il y a un mot-clé que je retiens chaque fois que je referme ce livre « époustouflant », c'est celui de fluidité. S'il y a aussi un mot-clé dans l'écriture, pour moi, c'est *fluidité*. Il s'agit de trouver ou de retrouver une écriture qui coule de source, non pas d'une source tracée depuis des millénaires mais d'une source sauvage, cette « gestalt surgissant de la terre » et qui cherche son chemin à travers les cailloux et les broussailles. L'écriture est aussi un chemin vers la fluidité. Travailler sur les blocages d'écriture, c'est travailler sur ce qui entrave le processus de fluidité. « L'écriture des deux derniers passages m'a demandé un véritable effort, constate Perls. Le fleuve s'est arrêté de couler…[23] » « Je me suis levé tôt, je relis ce dernier passage. "Ça" ne me plaît pas. C'est rasoir à lire comme un devoir de classe…[24] » « Je commence à saisir à quel point je me sens déchiré entre rendre compte

22. *Ibid.*, p. 23.
23. *Ibid.*, p. 44.
24. *Ibid.*, p. 165.

de tout et organiser le livre, d'une part, et laisser couler spontanément les choses, d'autre part[25]. » Et si on lui demande quand paraîtra son livre, question qui le met en colère, il répond : « Ne forcez pas la rivière à aller plus vite. Elle coule d'elle-même. »

De mon héritage gestaltiste, j'ai retenu aussi l'importance du jeu, du plaisir. Plaisir d'entrer dans l'état de fluidité, d'être complètement absorbé par l'écriture et d'oublier le temps qui passe. Plaisir de s'aventurer sur la page, d'étendre ses frontières, d'explorer, à travers des personnages ou de la fiction, ses polarités – ces parts de soi maintenues dans l'ombre et qui n'en créent pas moins des tensions –, aller en des lieux où l'on n'est jamais allé, risquer l'inconnu. Créer, c'est jouer. Je ne peux concevoir une approche de l'écriture qui ne comporte une dimension ludique et ne nous conduise vers l'étonnement.

Mon credo

Au printemps 2000, je mettais fin à ma carrière de psychologue pour me consacrer à plein temps à l'écriture. Toutes ces idées théoriques, ajoutées à celles que j'ai empruntées au domaine littéraire et à diverses approches de l'écriture, ont été pour moi des sources d'inspiration. Elles ont consolidé mes intuitions et m'ont donné une vision, une philosophie qui sous-tend mon travail de création. Elles ont permis un passage à gué entre la psychologie et la création littéraire, et plus tard vers la conception d'ateliers. Des idées qui dorénavant deviendront une sorte de *credo*, mon *credo*.

Je crois que l'inconscient est poétique ; que sa langue est celle de l'image et du rêve ; qu'il peut se lire comme un poème et que ses images sont porteuses d'avenir.

---

25. *Ibid.*, p. 186.

Je crois que le bonheur, qui pousse sur les deuils et sur l'humus du passé, a besoin de ces fertilisants que sont le rêve et l'imagination.

Je crois que créer, c'est aussi « se créer », c'est donner une forme nouvelle au matériau de sa vie ; et qu'ainsi travailler une œuvre et se travailler, soi, sont étroitement liés.

Je crois qu'être en harmonie, c'est suivre le courant de la vie ; que guérir, se « réparer », c'est retrouver ce libre mouvement, se remettre dans l'état de fluidité.

Je crois que « changer » signifie « échanger »[26], parce que nous sommes des êtres de parole et que nous avons cette merveilleuse aptitude à mettre en mots nos histoires.

---

26. Je dois cette belle formule au psychanalyste François Roustang, *La fin de la plainte*, Paris, Éditions Odile Jacob, 2000, p. 84.

DU CHAMEAU DANS SA VIE

Écrire en atelier

Je souhaite une culture faisant l'école buissonnière,
le nez barbouillé de confiture,
les cheveux en broussailles, sans pli de pantalon
et cherchant à travers les taillis de l'imaginaire,
le sentier du désir.

Henri Laborit

« Ah bon ! Alors, vous faites de la thérapie par l'écriture ! »

C'est l'association toute naturelle que l'on fait quand je dis que j'ai été psychologue et que j'anime des ateliers d'écriture. Eh bien ! non, je le redis et j'insiste, je ne fais pas de thérapie par l'écriture. J'anime des ateliers d'écriture créative. Et il semble que le résultat soit souvent... thérapeutique ! Je pense qu'écrire est thérapeutique, comme toute forme d'expression, même quand on ne poursuit pas ce but. Et même si cela fait du bien, ça ne remplace pas une psychothérapie si on en a besoin. On n'y expose pas ses problèmes personnels, à part ceux que l'on peut rencontrer à travers le processus d'écriture. On ne « travaille » pas ses émotions, ni les conflits interpersonnels qui pourraient survenir en cours de route, sauf si ces derniers venaient à gêner le fonctionnement du groupe (et là encore, on pourrait le faire en passant par l'écriture...).

Et pendant que nous y sommes, aussi bien continuer à dire ce que ne sont pas les ateliers. Ce n'est pas non plus de la dynamique de groupe, avec son analyse des interactions et des échanges. S'il y a quelque chose de dynamique dans les groupes, ce sont les liens de confiance qui se tissent entre les personnes et qui favorisent l'ouverture. C'est l'imaginaire collectif qui se construit au fil des rencontres. D'un texte à l'autre, les mots voyagent, des échos se font entendre, des thèmes émergent des eaux profondes naviguant dans les parages du mythe. De cette force-là, de son dynamisme, émane une fécondation réciproque.

Ce n'est pas un lieu non plus où l'on vient pour apprendre à bien écrire et à faire de belles phrases. N'y cherchez pas de recettes pour fabriquer le best-seller de l'année, bien qu'on en parle aussi. Bien que des trucs et des outils pour faciliter l'écriture y soient suggérés, que celle-ci, indéniablement, s'améliore en cours de route, que le style de chacun se révèle et que les différents genres littéraires explorés permettent de découvrir celui dans lequel on est le plus à l'aise.

Alors, si ce n'est pas ça, c'est quoi ? On vient, bien sûr, dans un atelier d'écriture pour produire du texte. On a des choses à dire et on cherche la forme. On vient parfois pour se découvrir, explorer son imaginaire ou pour « sortir de soi ». Par exemple, des personnes qui ont tenu pendant longtemps un journal intime peuvent avoir envie d'écrire autre chose, d'écrire pour être lu, pour partager leurs textes et échanger avec les autres. Il arrive qu'on ait un projet précis (récit de vie, recueil de poèmes ou de nouvelles) et on vient chercher une stimulation pour avancer. On peut être à un tournant de sa vie, ou en quête de sens, et on pressent qu'à travers ce chemin-là de nouvelles perspectives s'ouvriront peut-être. Ou on veut simplement développer sa créativité… Il y a autant de motivations que de personnes qui écrivent.

— J'ai un problème avec mon patron ces temps-ci, est-ce que ça peut m'aider ? me demande une personne au téléphone.

— Je ne sais pas. En tout cas, si vous croyez écrire directement sur ce sujet, vous serez peut-être déçue.

— Ah bon ! Mais qu'est-ce qu'on écrit alors ?

Imagination et bonheur

« Nous écrivons pour agrandir le monde que nous trouvons étouffé, rétréci ou désolé. Nous écrivons comme les oiseaux chantent, comme les primitifs dansent leurs rituels. Si vous ne respirez pas en écrivant, si vous ne criez pas en écrivant, si vous ne chantez pas en écrivant, alors n'écrivez pas car notre culture n'en a pas besoin ». Il m'arrive de lire cette citation d'Anaïs Nin devant un nouveau groupe. Je dis aux participants : on écrit là où ça bouge, là où ça pleure, là où ça rit, là où c'est vivant. On écrit à partir de ce lieu-là. Et pour cela, n'importe quel prétexte est bon.

« Faites la liste de ce qu'il y avait dans votre frigo la dernière fois que vous l'avez ouvert. » Chacun est ensuite invité à choisir un élément et à écrire : « Je suis un... » C'est parti : la compote de pommes, la moutarde de Dijon et le camembert se racontent... La première, comment elle a failli mal tourner sous les mains d'un chef peu expérimenté ; la moutarde de Dijon, qui fait pourtant tout son possible pour agrémenter les plats, se plaint de ce qu'on lève parfois le nez sur elle ; le camembert voudrait un cœur plus tendre et plus coulant sous son enveloppe croûtée, tandis que la salade de fruits s'enorgueillit de sa fraîcheur exotique...

Une telle activité proposée à des personnes qui se rencontrent pour la première fois permet de suspendre temporairement l'identité sociale avec laquelle on a l'habitude de se présenter (profession, adresse, statut civil), de « désocialiser la mémoire » et d'entrer dans une autre identité, fictive, littéraire. Les textes sont pleins d'émotion, d'humour, de surprises. Cela crée un climat de départ et, curieusement, les gens disent souvent qu'ils ont l'impression de se révéler davantage à travers ce jeu.

Un déclencheur d'écriture est semblable à un aimant qui attire à lui toute la grenaille de sensations, d'images, de mots, de souvenirs, qui flottent comme des bulles en suspension dans l'appareil psychique, se fusionnent entre elles et cherchent à entrer sur la page, à trouver leur place dans le chaos des idées. Tout peut servir de déclencheur : un objet de tous les jours aussi bien qu'un tableau, une carte postale, un poème, un bout de phrase. Des mots investis de vie, qui ont le don d'éveiller les nôtres, de les animer de leur souffle. Comme cet extrait d'un texte d'Henri Michaux : « …J'étais donc à Honfleur et je m'y ennuyais. Alors résolument j'y mis du chameau… » Racontez un moment d'ennui et imaginez une intervention fantaisiste que vous pourriez y faire…

« Le bonheur, c'est une prédisposition à l'invention. Les gens qui ont de l'imagination en ont donc aussi pour le bonheur. » Cette phrase de la poète et romancière Louise Dupré, dans une entrevue à la presse, rejoint ce que j'essaie de transmettre en atelier. Nous avons du pouvoir sur nos vies : nous avons de l'imagination ! Le hic, c'est que nous n'avons généralement qu'une seule paire de lunettes pour approcher les phénomènes, un seul angle sous lequel considérer toutes les situations de la vie. Et lorsqu'un problème se présente, les solutions que nous trouvons viennent également de ce point de vue, de telle sorte que nous restons enfermés dans un champ restreint de possibilités. À partir du moment où l'on est capable d'introduire des chameaux à Honfleur, on sera peut-être un peu plus en mesure de trouver des solutions créatives aux énigmes de la vie. Sinon des solutions, du moins des attitudes différentes, une vision renouvelée. Et qui sait si on ne trouvera pas une autre manière d'aborder son patron…

Mais l'imagination ne peut s'épanouir là où la mémoire et l'apprentissage ont laissé des conditionnements trop rigides. On constate en thérapie que les gens déprimés sont souvent coupés de leur imagination. Pour sortir de la dépression, il faut être capable d'imaginer un avenir désirable, d'en avoir la vision. Le biologiste Henri Laborit écrivait dans *L'éloge de la fuite* que notre seul rôle sur cette planète est de transmettre la connaissance, c'est-à-dire de transmettre le message que nous avons reçu, dans une voix unique et personnelle, plutôt qu'un message répété par cœur. « Or cela ne sera possible, écrit-il encore, que le jour où nous aurons trouvé le moyen de ne pas paralyser dès l'enfance le fonctionnement des zones associatives[1]. » Travailler sur le langage par le biais de l'écriture, c'est travailler à dé(ver)rouiller le fonctionnement des zones associatives.

« Pour l'amour du saint ciel, ma fille… » Ainsi commence un texte de Clémence Desrochers. Utilisé comme déclencheur, ce début de phrase draine souvent une cascade de mots chargés d'affects et de rires libérateurs. De même que celui-ci : « Ne me demandez plus… » Ce type d'exercice favorise la levée d'inhibitions diverses face à la page blanche ou d'autres obstacles à la créativité. Pour démasquer des voix intérieures parfois contraignantes, pour avancer dans la quête de ses propres mots, l'emprunt temporaire de ceux des autres, plus libres et plus spontanés, peut donner un élan, aider à tracer de nouveaux sentiers.

Jeux d'écriture et activités fantaisistes amènent ainsi à faire de nouvelles associations, sources d'étonnement. Et ce qui favorise ce processus, c'est cette consigne : « Accueillez tout ce qui vient, comme ça vient… » Cela rappelle la

1. H. Laborit, *L'éloge de la fuite*, Paris, Laffont, 1976, p. 102.

consigne d'association libre en psychanalyse (une psychanalyse est terminée, m'a dit un jour un collègue, quand tu es capable d'associer librement). Écrire sans lever le crayon. Sans regarder derrière pour voir ce que l'on a écrit, sans effacer. Sans analyser. Ne pas juger, ne pas évaluer, mais oser. Tenter l'indicible, risquer l'imprévu. Ce qui entrave le chemin, c'est vouloir écrire sous contrôle, en sachant d'avance ce qu'on va dire, la peur de l'inconnu, la peur de se révéler, la censure, les tabous, la bienséance, réprimer ce gros mot, vouloir faire beau ou bien, avoir envie de se relire constamment et juger ce qui est écrit. Voilà tout ce qui peut se passer au cours du processus.

S'il arrive que du sens émerge à mesure que le texte se construit, qu'une destination apparaisse, cela n'est pas donné au départ. Les images appellent les images, les mots appellent les mots. Le texte n'obéit pas à une logique rationnelle, linéaire. Nous sommes plus près de celle du rêve et de la rêverie avec leurs lois propres. Associations d'idées, condensation d'images, de souvenirs, déplacements de personnages, transformation d'événements. Ce qui se produit alors peut s'appeler un événement, au sens phénoménologique du terme. Une rencontre sur une page blanche. Imprévue, imprévisible.

Comme tout travail artistique, le développement du processus créateur suppose donc dans un premier temps une phase de déstructuration, de désorganisation, pour accéder à la découverte de formes et d'images nouvelles. Au début, le sentiment d'insécurité domine, avec une tendance à s'accrocher aux clichés et aux sentiers connus ; ensuite commence la prise de risque : le territoire intérieur s'agrandit et d'autres thèmes apparaissent ; le troisième stade débouche généralement sur un sentiment d'achèvement et sur le plaisir de l'imagination qui a retrouvé tous ses privilèges.

Écrire, c'est établir une relation de qualité avec soi-même et avec le monde. On y retrouve les mêmes enjeux que dans toute « relation thérapeutique optimale », telle que décrite par le psychologue Gilles Delisle, une relation qui suppose les qualités essentielles suivantes : intimité, intégrité, prise de risques, centration, fascination[2].

Intimité. Être en désir d'écriture, c'est prendre rendez-vous avec soi, un rendez-vous si précieux qu'on choisira parfois soigneusement le papier, on achètera un cahier spécial. Acte intime, parfois secret. Et pourtant révélateur. Cela suppose aussi que l'on désire communiquer, sinon avec un vaste public, du moins avec un ou des lecteurs potentiels. Dans un groupe d'écriture, il y a l'autre, toujours. L'autre qui écoute et accueille, mais aussi renvoie à la différence. Jamais d'analyse psychologique ou d'interprétation des contenus ! On réagit avec sa sensibilité, on souligne ce qui fait écho en soi, la force d'une image, l'impact d'un mot. Il arrive qu'une émotion se manifeste au cours de la lecture, une émotion que l'on n'avait pas ressentie en écrivant. Mais voici qu'en lisant, ce qui se tenait tapi sous les mots resurgit. La peine. La colère. La révolte. La peur. Le rire… C'est souvent lorsque les mots passent par le souffle et qu'ils sont rendus par le corps que leur intensité se révèle. On ne « travaille » pas l'émotion. On l'accueille tout simplement. Elle fait partie de la vie du texte.

Intégrité. Écrire nous rapproche d'une vérité intérieure, ou d'une vérité narrative si on fait de la fiction. Le ton faux, la conclusion arrangée seront perçus. Dans une description, le

---

2. Gilles Deslile, *La relation thérapeutique : une perspective existentielle-dynamique*, Montréal, Les éditions du Reflet, 1993 ; et « La relation thérapeutique optimale », IVe stage international de Gestalt, Magog, 1994 (notes personnelles).

détail et la précision auront de l'importance. Il y a une cohérence à respecter dans les lieux et les temps de l'action, ainsi que dans la psychologie des personnages. Il y a un souci d'honnêteté, si on fait le récit de sa vie, par exemple.

Prise de risques. Écrire, c'est aussi risquer. Risquer de perdre le contrôle et que les personnages ou l'action nous amènent en des lieux que nous n'avions pas prévus. Risquer que surgissent au tournant de la phrase des images inattendues, parfois dérangeantes. Risquer de montrer des parties de soi que l'on n'affiche pas souvent. Risquer le regard critique des autres. Risquer, voici l'enjeu de l'écriture, et le grand jeu aussi. Car quel plaisir que cette aventure en contrées sauvages et inexplorées, cette sortie hors des sentiers battus de l'habitude et des conventions ! Quel plaisir de réinventer la langue, et en même temps, de se réinventer, soi, de réinventer chaque fois son existence !

Centration[3]. Mais il aura fallu d'abord traverser une première couche de résistance qui est celle des mille et une stimulations extérieures, se diriger vers sa table, ouvrir la première page, écrire le premier mot, bref « se centrer ». Il faudra ensuite traverser une deuxième couche d'obstacles de provenances diverses : « tu perds ton temps », « c'est nul ce que tu écris », « d'où peut bien me venir cette histoire de gangster ou ce papillon qui veut se peindre les ailes ? » Une seule réponse : écrivez ! Il suffit d'un bout de ficelle, un tout petit filon parfois, pour nous conduire là où coule la rivière.

Fascination. « Le processus créateur s'enclenche au moment où l'on se met à apprécier ce qui est là – l'essence, la clarté et l'impact de ce qui nous entoure », écrit le théra-

3. Centration : action de se centrer ; en psychothérapie, se tenir dans une attitude physique de « présence » ; se tenir « au centre de soi ».

peute Joseph Zinker[4]. Une nuance perçue dans la tonalité d'une voix, un geste, un regard comportent souvent des possibilités étonnantes. C'est ainsi que commence le roman de Milan Kundera, *L'immortalité*. Le narrateur, allongé près d'une piscine, est fasciné par la façon dont une dame sexagénaire se retourne avant de partir et envoie la main au maître nageur de qui elle vient de prendre une leçon. Ce sourire, ce geste, cette main « envolée avec une ravissante légèreté… » Et voilà qu'un nom surgit dans son esprit : « Agnès » ! Un simple geste dont naîtront un personnage et quatre cents pages de roman… La fascination vient d'un intérêt profond pour tout ce qui vit. C'est une façon de regarder les autres et le monde, par-delà les barrières du cliché et de l'habitude, comme si on plissait les yeux pour apercevoir le subtil derrière l'apparence, ou qu'on tendait l'oreille pour entendre la musique des mots. Pour écrire, il faut être fasciné.

La cure du verbe

Pour construire un regard neuf, nous avons besoin aussi de mots nouveaux. « Les nouveaux mots peuvent transformer la pensée, les images, les idées et les mots de celui qui les utilise. Les analogies et les métaphores se fusionnent comme des fluides[5] », écrit Zinker. Hillman affirme à son tour qu'une transformation s'opère dans l'esprit de celui qui pense au moyen des images, « avec des mots qui sont à la fois des idées et des images, avec des mots qui transforment les choses en idées éblouissantes et les idées en petites choses

4. J. Zinker, *Se créer par la Gestalt*, trad. par A. Dolbec et G. Goulet, préface de Janine Corbeil, Montréal, Éditions de l'Homme, 1981 (1977), p. 41.

5. *Ibid.*, p. 17.

qui surnagent, le pouvoir azur du mot lui-même[6] ». La *cure verbale* de Freud, écrit-il, c'était aussi la cure du verbe : « La rectification du langage, le mot juste[7]. » J'invite parfois les participants à se créer une banque de mots qu'ils n'ont pas l'habitude d'utiliser, des mots qui les fascinent, justement, à travers leurs lectures préférées. « Prenez un texte et encerclez cinq mots qui vous attirent ou vous étonnent, et écrivez une histoire. » Il est intéressant de voir ce qui se produit quand on a des mots neufs pour inventer un conte ou pour parler de soi et de la vie.

Au concept clinique de « famille dysfonctionnelle », par exemple, je préfère de beaucoup l'idée de « mythologie familiale », apportée par Hillman et Thomas Moore. Quand nous racontons des bouts de notre histoire sans la juger ni l'évaluer, « les personnes réelles deviennent les personnages d'un drame et les épisodes isolés, autant de thèmes d'une grande saga[8] ». Il y a dans chaque famille élargie des voyous et des saints, des personnages colorés ou marginaux, tragiques ou comiques, dignes de romans. Certains même que l'on n'a jamais vus, mais qui font partie de l'imaginaire familial depuis des générations. D'autres qu'on ne fréquenterait pas si on n'était lié à eux par les origines. La famille représente un microcosme de la société et cette « mythologie » personnelle, c'est aussi du matériau pour la création.

Dans mes premières années de formation, les gestaltistes s'intéressaient peu au contenu des histoires que les gens apportaient en thérapie. On avait même une certaine méfiance envers les mots. Perls parlait de *bullshit* et d'*éléphantshit* pour qualifier les discours stéréotypés, rationalisés,

6. J. Hillman, *La beauté de Psyché*, *op. cit.*, p. 266.

7. *Ibid.*, p. 259. C'est Hillman qui souligne.

8. T. Moore, *Le soin de l'âme*, trad. par Ruth Major-Lapierre, Paris, Flammarion, 1994 (1992), p. 35.

intellectualisés. Pour couper court à cela, on apprenait à se centrer sur le processus non verbal, à faire surgir, à travers les manifestations du corps, la polarité non exprimée ou l'énergie emprisonnée. Il fallait passer par le corps pour libérer la parole. Hillman, de son côté, parle d'une crise de confiance dans les mots, car ils ont perdu leur sens, parce qu'ils ont perdu leur « résonance imagistique ».

Cette perte de confiance dans les mots ne se retrouve pas seulement en psychologie, mais dans toutes les sphères d'activité. On se plaint de la langue de bois des administrateurs et des politiciens. De plus, chaque domaine technique ou professionnel a son langage. Et avec la popularité de l'Internet, de la psy-pop, des talk-shows, une nouvelle culture langagière a émergé, véhiculant ses propres normes. Quand je ne sais plus ce que les mots veulent dire, que je suis *full* envahie de trucs « qui ont pas rap » et de syllabes zappées, c'est alors que je me mets à y chercher du chameau !

Polar et polarités

Écrire l'intime et le beau. Utiliser des mots neufs. Introduire du chameau sur la page. Passe toujours. Raconter des histoires, écrire ses chagrins d'enfance, en faire de la fiction, voire tâter la science-fiction, passe encore. Mais quand il s'agit d'écrire la méchanceté et la vengeance, de couper des têtes et d'assassiner ses personnages, rien ne va plus. Un jour j'ai proposé un atelier « Polar et polarités ». À côté d'une ou deux exclamations d'enthousiasme, il y eut des grimaces et des protestations : « Je ne lis pas de polars. » « Ça ne m'inspire pas. » « J'ai horreur de ça ! » L'idée n'est pas de former des auteurs de roman policier, ni même des amateurs. Mais écrire sur ce qui nous rebute le plus, expérimenter un genre littéraire qui nous est étranger, c'est une façon d'étendre ses polarités, d'explorer des zones sombres ou dérangeantes : la peur, le suspense, le mystère, l'immoral. Alors on butera peut-être un peu moins, dans un texte, sur une scène pénible à décrire ou des sentiments négatifs. (L'inverse se produit aussi : certains, plus à l'aise avec les émotions extrêmes, en arrachent parfois quand il s'agit d'écrire l'intime et le doux.)

Patricia Highsmith, auteure britannique reconnue, a déjà raconté un des secrets de fabrication de ses thrillers : partir d'une émotion déjà éprouvée. Elle montre comment elle transforme une expérience de peur en fiction en la transposant dans un personnage – autant que possible éloigné d'elle-même, d'un autre sexe et d'un autre milieu, par exemple. On pourrait partir aussi d'un cauchemar, d'un sentiment d'étrangeté, d'une atmosphère trouble déjà vécus. Utiliser une situation où l'on s'est senti angoissé ou victime et la terminer autrement est une façon de retrouver du pouvoir sur sa vie. Une façon de prendre une distance avec ce qui a été vécu. De dédramatiser. De se « désidentifier » en projetant ses émotions sur un personnage extérieur à soi. Et l'humour qui en résulte souvent est aussi très libérateur.

L'œuvre romanesque d'Iris Murdoch constitue à elle seule une véritable étude des polarités. Chacun de ses romans met en scène des personnages aux prises avec leurs dualités, à travers une intrigue et un suspense teintés d'humour. Ces dualités se retrouvent à l'intérieur d'un même personnage (aspirations héroïques *vs* faiblesses humaines, folie *vs* sainteté, violence *vs* attachement), ou se manifestent sous forme de conflits entre deux personnages dont chacun représente une polarité (l'intellectuel froid et l'hédoniste heureux, l'ange et le délinquant, l'introverti et l'extraverti). Il faut lire *La mer, la mer*[9] pour saisir l'univers intérieur d'un

9. I. Murdoch, *La mer, la mer*, trad. de l'anglais par S. Mayoux, Paris, Gallimard, 1982 (1978).

homme plein de contradictions et dont les ombres et les fantômes dissimulés dans la conscience remontent sur la page et prennent forme à l'extérieur au fur et à mesure qu'il rédige ses mémoires.

Explorer ses polarités par le biais de personnages permet de saisir cette tension entre la stabilité illusoire d'un monde ordonné et le déséquilibre engendré par les forces obscures qui nous habitent. Cela permet d'apprivoiser ces forces en les intégrant.

Contraintes et liberté

Une proposition d'écriture comporte des contraintes. « Écrivez un texte qui commence par telle phrase… Ou dont la réplique finale sera… Ou qui ne devra comporter que tel type de mots… », etc. C'est comme si la contrainte posait un problème et toute l'énergie psychique est tendue vers la solution. En ce sens, les contraintes d'écriture stimulent la créativité.

Dans le film *La légende du pianiste sur l'océan*, du réalisateur Giuseppe Tornatore, le personnage principal (nommé « 1900 » pour commémorer le siècle qui l'a vu naître sur un bateau de croisière) devient compositeur. Alors qu'on l'encourage à descendre à terre afin d'aller conquérir le monde par sa musique, il choisit de rester à bord de ce navire qu'il n'a jamais quitté. Il dira plus tard ce que, du haut de la passerelle, il a ressenti devant New York s'étalant devant lui, jusqu'à l'horizon : « Ce que j'ai vu était sans fin… Un piano a 88 touches. Un début et une fin. C'est à l'intérieur de ces limites que l'on crée… Un clavier sans fin, ce serait le clavier de Dieu… »

Bref, la contrainte est créative. Et à l'intérieur de ces limites, à l'intérieur des 88 touches du piano, du carré de la toile ou de celui de la page, tout est permis.

— Qu'est-ce que je fais si un élève écrit des choses qui font peur aux autres, me demande une enseignante ? Ne faut-il pas censurer ?

Je crois qu'il faut d'abord essayer d'entendre ce que ce jeune cherche à nous dire et l'aider à prendre conscience de l'impact de ses productions sur les autres. Je peux aller au cinéma et regarder un film d'horreur sans me sentir personnellement menacée. Je vivrai des émotions fortes, soit, mais je sais que le monstre ne va pas sortir de l'écran et s'en prendre à moi. Si ceux qui écoutent ont peur d'un passage à l'acte, c'est que la frontière entre l'imaginaire et le réel n'est pas claire. La spontanéité ne pose souvent pas de problèmes à notre génération de jeunes élevés dans la « liberté d'expression ». Dans Internet, on peut écrire n'importe quoi. Et les frontières entre le réel et le virtuel n'y sont pas toujours claires : est-ce que j'assiste à un film de fiction ou à la mort en direct ? Ce que le créateur en herbe doit apprendre, c'est le saut à faire de l'expression spontanée à la création. Et ça, c'est un travail. Il ne s'agit pas de censurer celui qui exprime de la violence à travers ses écrits, mais de lui donner les outils qui lui permettront de canaliser cette violence, de lui donner une forme non seulement acceptable mais artistique et socialement utile. L'apprentissage de la liberté suppose aussi son corollaire : la responsabilité.

J'aime beaucoup ce petit conseil de la sagesse orientale : « Avant de parler, pose-toi trois questions : est-ce que c'est juste ? Est-ce que c'est utile ? Est-ce que c'est beau ? » Et beau, à mon sens, ne veut pas dire nécessairement gentil et joli. La Beauté, c'est ce qui sert l'art. C'est ce qui sert à agrandir la vie et à nous faire comprendre la complexité de l'âme humaine. Et toutes les émotions peuvent y contribuer. La colère, la révolte, la haine, le désir de vengeance… C'est avec ça aussi qu'on fait des films, des pièces de théâtre, des romans… et de la musique rap !

Les ingrédients de la créativité littéraire

La créativité comporte certains ingrédients essentiels. On retrouvera généralement dans une œuvre littéraire réussie les qualités suivantes : fluidité, flexibilité et originalité.

La *fluidité* est le caractère de ce qui est liquide, de ce qui s'écoule aisément. « Ne poussez pas sur la rivière, disait Perls, elle coule d'elle-même… » Et qu'arrive-t-il si ça ne coule pas, quand ça ne coule pas ? On essaie d'identifier les difficultés, celle du début parfois, la consigne de départ stimulante ou pas. La rupture du fil à un moment donné « parce que là, arrivé à ce point précis du récit, je ne voulais pas aller dans cette direction, alors j'ai bloqué, j'ai écrit autre chose, je me suis forcé pour continuer et c'est plat ».

Entrer dans l'état de fluidité, c'est oublier le temps qui passe, avoir à dire encore et beaucoup, s'étonner quand on pensait ne pouvoir rien écrire, s'amuser, rire tout seul en écrivant, pleurer en écrivant car un souvenir vient de remonter. S'amuser d'une histoire inventée, dire Je, comme si on avait vécu cette histoire, ce voyage. Se sentir ému par un personnage, aimer ce personnage, là, sur la page, le haïr, lui régler son compte, le laisser nous conduire par la main et nous montrer le chemin. L'état de fluidité s'accompagne généralement de plaisir et d'une impression de facilité.

La fluidité, à mon sens, est ce qui permet aussi d'épaissir un texte, d'aller plus loin, quand on croyait avoir fini. On a parfois une très bonne idée de départ, on se sent inspiré, mais voici qu'après deux pages, on a le sentiment d'avoir déjà tout dit.

Mais l'épaisseur, sans la profondeur, peut donner un résultat insipide. On remplit des pages et des pages, ça coule, c'est facile, mais il n'y a pas, ou peu, de substance. On aligne des phrases, bien que cela puisse être joliment écrit. Le lecteur refermera le livre en ayant l'impression qu'il ne lui reste rien. Ou, ce qui arrive le plus souvent, il ne le terminera pas. Plus un texte creuse ses racines et s'abreuve à des sources profondes, plus il rejoint l'universel et touche le lecteur au cœur de son existence.

La *flexibilité* est le caractère de ce qui plie aisément, donc de ce qui peut changer de forme et de direction. Appliqué au processus d'écriture, la flexibilité est ce qui fait que l'on ne s'ennuie pas dans un livre, par exemple : il y a des surprises, des rebondissements, des pistes imprévisibles. S'ennuyer, quand on est en train d'écrire, témoigne souvent d'un manque de flexibilité. On a de la difficulté à sortir des ornières, on suit des sillons tout tracés, on répète de vieux clichés, on sait d'avance tout ce qu'on va dire, on a déjà raconté la même histoire. Ou bien, on reste à un niveau rationnel. Quoi qu'il en soit, on n'arrive pas à se surprendre soi-même, à s'émouvoir.

L'*originalité*, d'un point de vue statistique, est le caractère d'une réponse peu fréquente. Si je vous demande, par exemple, de dresser la liste de tout ce qu'on peut faire avec une brique, il est fort probable que les éléments « bibliothèque » et « appui-livres » se retrouveront dans les listes de neuf personnes sur dix. Ce ne sont donc pas des réponses originales. L'originalité, prise en ce sens, renvoie donc à des idées neuves, étonnantes, singulières, fantaisistes, voire farfelues. Ce qui amène parfois à confondre l'originalité avec l'extravagance ou l'excentricité. Or, être « *ex*-centrique », par définition, c'est être « en dehors de son centre ».

Mais l'originalité, du latin *originalis*, renvoie aussi, d'après le dictionnaire, à ce « qui existe dès l'origine ». Cela a donc à voir avec l'origine et l'originel, comme le souligne Jean-Noël Pontbriand : « Un être original est quelqu'un qui est à l'origine de ce qu'il accomplit. C'est également quelqu'un qui a réussi à plonger les racines de son être dans l'origine dont il est l'une des manifestations[10]. »

L'écriture engage ainsi l'être tout entier, l'amène vers son centre et son originalité.

Un chantier

Enfin, une œuvre ne peut exister sans une patiente élaboration. Élaborer, qui vient du mot *labor* « travail », signifie « préparer mûrement, par un lent travail de l'esprit ». Mais l'élaboration d'une œuvre suppose d'abord qu'on s'y engage. Il faut avoir le « courage de créer », comme en a si bien parlé Rollo May[11], il faut la volonté, il faut consentir à ce que l'auteur appelle une rencontre (au sens où le peintre « rencontre » le paysage qu'il s'apprête à transposer sur sa toile) et assumer l'anxiété que peut soulever la rencontre avec la page. Eh oui ! Je peux avoir une abondance d'idées (fluidité), intéressantes et géniales (originalité), des visions inspirées et inspirantes, des sujets d'histoires et de romans, si je ne m'assois pas devant ma table ou mon ordinateur pour écrire, je ne suis pas créateur. (C'est d'ailleurs ce qui motive certaines personnes à s'inscrire à un atelier : « Chez moi, je n'arrive pas à m'y mettre ! »)

Le *Larousse* donne également du mot « élaboration » la définition suivante : « Traitement permettant d'extraire un métal de son minerai, puis de l'affiner afin d'arriver, après différentes opérations, à sa composition finale. » Ce qui m'amène à considérer l'atelier d'écriture comme un chantier.

---

10. J.-N. Pontbriand, *L'écriture comme expérience. Entretiens avec Michel Pleau*, Québec, Le Loup de Gouttière, 1999, p. 31.

11. R. May, *Le courage de créer*, trad. de l'amér. par M.-L. Constant, Montréal, Le Jour, 1993 (1975).

Un premier jet, c'est un matériau à l'état brut, extirpé des profondeurs et jeté en vrac sur la page. Ce premier jet est comparable à celui du mineur qui descend dans la mine et en remonte avec une motte alourdie de terre et d'impuretés, un matériau qu'il pourra raffiner, peaufiner s'il le désire. Une forme qui n'est pas toujours évidente, encore floue parfois. Le travail une fois épuré, il ne restera peut-être de ce premier jet qu'un paragraphe qui a de l'impact, une image forte qui servira à démarrer un autre texte.

Avec ces fragments produits en atelier, nous sommes bien loin de l'œuvre achevée. Mais quel plaisir quand un texte est mené à terme, corrigé et parfois publié ! Car écrire, c'est aussi réécrire. Chercher le mot juste. Enlever les répétitions. Améliorer la rondeur des phrases. Leur musique. Leur rythme. « Aimez-vous les phrases ? » Eh bien oui, de la même manière qu'un peintre aime l'odeur de la peinture, pour écrire il faut aimer les phrases, nous rappelle Annie Dillard[12]. Renoncement, déchirure, re-création. Petite œuvre réalisée. La plupart du temps en dessous de ce qu'on avait rêvé. Mais c'est aussi l'inachevé qui nous garde en désir, nous propulse vers le texte suivant.

Rentrer chez soi

Comment la compote de pommes se sortira-t-elle du pétrin dans laquelle elle se trouve ? Le camembert arrivera-t-il à se fabriquer un cœur plus coulant tout en préservant les contours de sa croûte ? Et la moutarde de Dijon, à affirmer son caractère piquant ?

L'histoire une fois commencée appelle une fin, un dénouement de la situation dans laquelle on s'est engagé. L'énergie

12. A. Dillard, *En vivant, en écrivant*, trad. de l'amér. par B. Matthieussent, Paris, Christian Bourgois Éditeur, coll. 10/18, 1996 (1989), p. 92.

créatrice est tendue vers son achèvement. Et si l'on n'a pas eu le temps de boucler la situation dans le temps d'écriture proposé en atelier, dans le silence, entre les lignes, les mots continuent leur chemin…

Qu'est-ce qu'on fait donc en atelier ? On puise dans le matériau qu'offre la vie, la sienne et celle dans laquelle on baigne à chaque instant, et on le ressort transformé. Métaphorisé. Avec une issue parfois fort différente de la réalité. Ou qui révèle une autre réalité, invisible, derrière les apparences. On approfondit sa vision, ses intuitions de la vie. On apprend à travailler la forme : récit, nouvelle, poème, essai. Et on travaille les mots. Les grands auteurs ont trois choses en commun, dit Antonine Maillet : ils ont la poésie qui est la vision, une vision du monde, une vision intérieure ; ils ont l'art, c'est-à-dire la capacité de transposer leur vision dans une forme ; et ils ont les mots. Ici, le matériau dont on dispose, ce n'est pas la peinture, ce n'est pas la terre ou le bois : ce sont les mots que l'on caresse, touche, sculpte pour en tirer de la chaleur et de l'émotion.

Quand on s'engage dans ce travail sur le langage, il y a nécessairement une transformation qui s'opère. La liberté, l'étonnement, le plaisir de créer, le sentiment de soi et de continuité qui s'ensuivent procurent du bien-être et de la joie. Expérience qu'on pourrait qualifier de thérapeutique. Mais je préfère parler de transformation. D'un processus qui nous travaille de l'intérieur, ne nous change pas, non, nous conduit vers nous-mêmes, à la rencontre de cet « être inconnu » qui nous habite.

Être dans une démarche d'écriture, c'est entrer dans ce lent processus de transformation. Et c'est aussi travailler sur le sens, dans la triple acception du mot : signification (quand une image en apparence anodine révèle un sens neuf), sensation (l'image conduit aux mots, leur donne du corps et de la chair), orientation (quand un texte ouvre des percées vers l'avenir).

« Écrire, c'est bâtir sa propre maison, avec les mots, dit Pontbriand, prendre des mots anonymes et les rendre habitables, porteurs de sens, de chaleur et de lumière, sans nier leur mystère[13] ». Quand j'écoute les récits des participants, je comprends ce que veut dire « rentrer chez soi ».

13. J.-N. Pontbriand, *Écrire en atelier… ou ailleurs*, Montréal, Le Noroît, 1992, p. 12.

UNE SYMPHONIE INACHEVÉE
Le récit de soi

Par un mystère, impossible à élucider, ce sont précisément toutes les rencontres d'une vie qui nous font peu à peu advenir. Chaque rencontre me livre d'étrange manière, tantôt une lettre, tantôt un mot, tantôt une virgule, un blanc qui, peu à peu, mis bout à bout vont composer le libellé d'un message à moi seul adressé.
[…] Et ce sont les autres qui me livrent – souvent à leur insu – la clef de mon énigme.

CHRISTIANE SINGER

La première fois que j'ai écrit un récit autobiographique, c'était à la demande d'un thérapeute. Je m'étais investie totalement dans ces dix pages d'écriture. Il ne m'était jamais arrivé de mettre bout à bout mon histoire, d'essayer d'en retracer le fil. Ça commençait par un cri du cœur qui contenait tout le sens que je donnais à mon arrivée dans ce monde. Je remis mon texte au thérapeute… qui ne m'en reparla jamais. Je me dis alors, jeune thérapeute en formation qui ne remettait pas en question les pratiques des « maîtres », que ça devait être ainsi que les choses se passaient en thérapie. J'avais écrit pour lui, pour qu'il puisse se faire une meilleure idée de « mon cas ». Pour son diagnostic. Pour ses dossiers.

Je me souviens surtout de l'excitation que j'avais eue à produire ce texte. Se raconter met en branle un dynamisme profond, active les pulsions créatrices. Ces pages avaient libéré chez moi une grande énergie. À travers ce travail d'écriture, le processus de transformation s'était mis en route : un matériau riche avait émergé de la nuit, j'avais entendu les premières notes de mon âme, pas encore un chant, des gammes peut-être, une préparation à ce qui aspirait au chant. Une voix restée sans écho.

L'écriture et le travail intérieur se sont toujours côtoyés dans ma vie comme deux partenaires enlacés dans une danse intime. Plusieurs fois par la suite, j'ai eu l'occasion d'écrire ou de réécrire des bouts de mon histoire, tranches de vie, événements transposés en fiction, en poèmes. Des textes parfois publiés, qui ont eu, quelquefois, d'heureux échos.

« Écris ton histoire ! »

Un jour, j'ai eu envie d'offrir un atelier d'écriture sur le thème du récit de vie[1]. Je voulais l'aborder d'une manière créative. Un récit qui serait ancré dans l'histoire de la personne, dans les faits remémorés ou racontés par les autres mais libérés « de l'engrenage du calendrier ». Un lieu où l'imagination viendrait s'allier à la mémoire (Bachelard, Laborit, Hillman), pour déboucher sur une relecture créative de son histoire (Hillman, White), pour aller à la rencontre de son « être inconnu » (Bachelard), non pas celui qu'on a été, mais celui qu'on est appelé à devenir (White). Et cela passerait par un travail sur la langue et sur les mots. Une

1. Dans ce texte, j'utilise le terme « histoire de vie » pour désigner l'ensemble des faits et des événements qui se déroulent de façon chronologique au cours d'une vie. J'appelle « récit de vie » l'exposé, la narration qu'une personne fait de sa vie ou d'une partie de sa vie ; et « narrateur », la personne qui raconte son histoire. Cette narration peut être orale ou écrite. Dans ce dernier cas, j'emploie aussi « récit autobiographique » ; c'est le récit écrit qu'une personne produit elle-même à partir du matériau tiré de son histoire de vie.

démarche qui serait à la fois existentielle et littéraire. Une expérience qui serait unificatrice, permettant de retracer un fil conducteur à travers les flux et les reflux de sa vie. Un temps d'arrêt dans le présent afin de mieux investir le futur.

Mon défi était d'intégrer ces différentes visions. Comment concilier les outils théoriques avec une pratique de l'écriture créative ? Comment aborder l'histoire de vie en alliant l'imagination au travail de la mémoire ? La « réimaginer à neuf », tout en restant ancrée dans l'expérience vécue et dans la réalité des faits ? Des différentes approches utilisées dans la pratique des histoires de vie, j'avais retenu aussi l'importance de « socialiser » son histoire. Socialiser son histoire, c'est la partager avec d'autres et ce faisant, l'assumer. Pour qui a connu des blessures l'ayant contraint au silence, c'est aussi la possibilité de se reconstruire par le biais de la narration, dans une forme socialement acceptable, sous le regard d'un autre qui accueille, ce « lecteur idéal ».

Il y a, dans tout travail créateur, une période de tâtonnement : j'en étais là. Je cherchais la forme… Comment donner une forme vivante et dynamique à cette démarche, suffisamment encadrée pour y sentir un appui, suffisamment ouverte pour y trouver de l'espace, de la liberté et de l'étonnement ? Comment concilier l'expérience de groupe – la « socialisation » – avec l'écriture d'un récit de sa vie qui ne peut se faire que dans la solitude, dans la rencontre avec la page ?

Telles étaient les questions qui m'habitaient quand j'ai offert un premier atelier sur le récit de vie. J'avais appelé ce projet ENCRE : *Expérience Narrative Créative Relationnelle par l'Écriture*. Cinq mots qui voulaient dire la plongée dans l'expérience, le désir de se raconter (narrative), de le faire d'une manière nouvelle (créative), en interaction avec d'autres personnes (relationnelle), par l'écriture. Cet atelier devait déboucher sur la production d'un récit autobiographique. Le déroulement allait comporter trois étapes que je décrirai plus loin : une phase exploratoire, une phase de production du récit et une phase de partage.

Les premières notes

Entre février et octobre 1996, sept personnes entreprennent cette démarche. Sept femmes dont l'âge varie entre 40 et 55 ans. Elles viennent d'horizons différents et ne se connaissent pas. Cinq ont déjà suivi des ateliers d'écriture ; deux autres ont une pratique du journal intime. Je n'ai pas reçu les sept personnes ensemble. Nous avons travaillé par petits groupes de deux ou trois, pour une raison pratique d'abord, les participantes ne s'étant pas inscrites en même temps ; j'ai constaté, par ailleurs, que les petits groupes favorisaient la profondeur et l'intimité.

Si le désir d'explorer l'histoire de sa vie et d'en faire un récit est là dès le départ, le projet n'est souvent pas précis et les motivations sont variées. Les premières rencontres permettent de clarifier ce projet. Pour préserver l'anonymat des participantes, je les appellerai DO, RÉ, MI, FA, SOL, LA, SI.

Pour DO, l'atelier est un prétexte qu'elle se donne pour écrire chaque semaine, de même qu'une occasion de « faire du ménage dans ses journaux antérieurs », de prendre du recul et de réfléchir sur ses expériences. Elle est particulièrement intéressée à retracer son cheminement professionnel.

RÉ, qui a vécu récemment le décès de sa mère, sent le besoin de « rapailler ses morceaux », de s'unifier. Elle veut écrire son histoire, produire du texte.

MI cherche à dépasser un moment difficile ; elle s'intéresse à sa généalogie, veut « faire la paix » avec son passé, se réapproprier son héritage.

FA est habitée par un projet d'écriture littéraire ; une écriture par flashes, par fragments à travers lesquels elle aimerait retracer le fil conducteur de sa vie.

SOL est à la recherche de sa propre voix, de sa créativité ; elle aimerait se laisser surprendre par son histoire.

LA hésite au départ : devrait-elle écrire sur des aspects de sa vie déjà connus, creuser davantage certaines zones sombres afin de s'en libérer ; ou explorer de nouvelles dimensions de sa vie, les étapes du développement de sa pensée éthique, par exemple ?

SI vit une importante période de changement, autant dans la sphère affective que professionnelle ; elle souhaite, par ce travail d'écriture, « fermer une boucle avec son passé ».

Ces motivations énoncées, nous avons entamé un travail de défrichage à travers des activités qui visent à regarder certains aspects de sa vie sous un angle neuf et à mettre l'écriture en route. C'est ce que j'appelle la *phase exploratoire*. Tout en effectuant un déblayage, les activités proposées visent aussi à développer la fluidité ; elles constituent une sorte d'entraînement à laisser couler la rivière. Les consignes sont les mêmes que dans les ateliers d'écriture créative : « Accueillez tout ce qui vient, comme ça vient… » Ces textes pourront être repris et élaborés plus tard, notamment quand viendra le temps du récit-synthèse. Ils sont lus à l'intérieur du groupe, sur une base volontaire. Les images et les sentiments qu'ils suscitent en écho, les souvenirs qu'ils éveillent, contribuent à stimuler la mémoire et à enrichir le récit des autres.

Une histoire de vie peut être traitée de diverses manières et selon plusieurs axes. Il faut renoncer à vouloir tout dire, tout explorer, mais se diriger « là où on sent de l'énergie ». Les pistes sont variées. Je les choisis selon l'intérêt des personnes. Il peut s'agir de thèmes d'écriture, d'outils psychosociaux, ou d'exercices et de réflexions à partir de textes littéraires.

Les thèmes d'écriture sont illimités: la naissance, la maison, l'école, la rue, le village, le paysage, les lieux de vie, la famille – cette « mythologie familiale » –, les rencontres marquantes. Il y a aussi l'univers des objets: un certain fauteuil, une chaise qui craque, un jouet perdu, un vêtement aimé, une tasse fumante, une odeur de petite madeleine...

Les outils psychosociaux, adaptés au besoin, viennent de mon bagage de thérapeute: on peut étendre sa vie sur la ligne du temps; faire un inventaire d'expériences significatives; relater son parcours de formation[2]; partir de photos, de collages ou de dessins; consulter l'arbre généalogique; établir son génogramme[3]; se situer dans le portrait de famille, la lignée des ancêtres.

J'utilise aussi des textes littéraires. Lire des extraits de récits ou de fictions autobiographiques, variés par leur genre littéraire, leur ton et leur originalité, alimente la réflexion et la recherche de forme. Parfois, une rencontre avec un auteur sera particulièrement inspirante. Il m'arrive de ne proposer qu'un début. Les premiers mots d'une nouvelle ou d'un roman contiennent déjà un souffle, un rythme, une musique qui entraînent d'autres mots. « Je suis venue au monde avec une tache de naissance sur la cuisse gauche, au printemps, à

2. Un « parcours de formation », tel qu'entendu ici, dépasse les études formelles et le curriculum vitæ; il comporte l'ensemble des expériences qui ont eu un impact, autant négatif que positif, sur la vie d'une personne, ses ressources et ses compétences humaines, bref, tout ce qui a contribué à sa « formation ». Voir Gaston Pineau et Marie-Michèle, *Produire sa vie : autoformation et autobiographie*, Montréal, Éd. Saint-Martin, 1983.

3. Le génogramme est « un arbre généalogique commenté, avec quelques repères » (faits marquants, particularités connues, naissances, décès, liens affectifs, etc.). Anne Ancelin Schützenberger distingue le « génogramme » du « génosociogramme », ce dernier étant un génogramme plus « fouillé », plus « travaillé ». Source: A. Ancelin Schützenberger, *Aïe, mes aïeux!*, Paris, Épi, 1993, p. 20.

midi, à l'heure où l'angélus annonçait que le Verbe s'était fait chair[4]... » Je me sers aussi de textes poétiques, parfois fantaisistes : « Pon naquit d'un œuf, puis il naquit d'une morue et en naissant la fit éclater, puis il naquit d'un soulier[5]... » Introduire des activités ludiques à l'intérieur d'un projet – si sérieux et engageant soit-il – stimule la créativité. Cela permet de sortir des ornières du déjà-dit-déjà-entendu au sujet de son histoire, d'éviter le piège d'un rationnel trop présent ou d'une mémoire prisonnière du calendrier, de réintroduire la rêverie, l'imagination et la spontanéité. Et encore : de s'émouvoir, de s'étonner ! Ce sont surtout de très bons exercices pour développer la flexibilité.

À vos plumes !

Après cette période exploratoire qui s'est échelonnée sur quelques semaines, la *phase de production du récit* a suivi. Il s'agissait, pour chaque personne, de faire un récit-synthèse. Cette étape ne comporte aucune rencontre de groupe. Chaque personne se retrouve seule devant sa page et le groupe se reverra à la dernière étape, la phase de partage. J'insiste encore, dans les consignes, sur le fait qu'il ne faut pas chercher à tout dire – le but n'est pas d'écrire un roman, mais de transposer en récit, ce qui a été pour soi significatif au cours du travail exploratoire, dans la forme et le style qui conviennent.

Le temps de pause qui a suivi la période exploratoire me fait penser au mouvement de la marée qui redescend. Et, ainsi qu'on se promène sur la grève en ramassant des plumes, des pierres, des vieilles souches, des coquillages et des débris

4. A. Maillet, *Le huitième jour*, Montréal, Léméac, 1986, début du prologue.

5. H. Michaux, « Naissance », in *Plume*, précédé de *Lointain intérieur*, Paris, Gallimard, 1963, p. 126.

pour en faire une sculpture ou une création, l'écriture est ce processus rassembleur qui permet de mettre ensemble les éléments déposés, une fois la marée retirée. De leur donner une nouvelle forme.

Ce temps d'arrêt, qui coïncidait avec les trois mois de la période estivale, me semblait propice : il était suffisamment long, d'une part, pour que les résidus du travail effectué en atelier puissent se déposer sur la grève, pour que la réflexion et la rêverie fassent leur œuvre, et il offrait assez de liberté pour la tâche d'écriture, d'autre part.

Afin d'apprécier le travail de [re]création et la mise en forme qui se sont opérés à travers le processus d'écriture, je donnerai un bref aperçu des productions de chacune, avec une variation dans l'ordre de la gamme : je commencerai par RÉ.

La musique des mots

RÉ

Écrire sur les lieux de son enfance, après la première rencontre, fut une révélation pour RÉ. Habituée au journal intime où domine l'introspection, dans lequel le regard est tourné vers l'intérieur, ici, RÉ regarde au-dehors : la maison de l'enfance, la colline, le paysage alentour. Ouverture du regard, élargissement de la vision. Son génogramme familial l'intéresse beaucoup. Elle cherche sa place, veut se « situer sur la carte », comprendre ce qu'elle a reçu, et de qui. Comme si elle avait besoin de contexte pour se situer, elle, se retrouver. Contexte géographique. Contexte historique et familial. Pour pouvoir dire : voici, moi, où je suis ; voici qui je suis. De son parcours de formation, elle dégage ce qui fut pour elle le moteur, le dynamisme affectif qui l'a menée d'un point à l'autre sur sa route. Après cette synthèse, écrite à la première personne, l'écriture change de ton, se déploie. Du

« je », on passe au « elle », un « elle » qui lui permet de prendre une distance et de regarder défiler dans le temps ses diverses identités de femme : fille de, épouse de, mère de... comme si une sorte de détachement du passé s'opérait. Déconstruction et reconstruction à laquelle participe une figure d'héroïne moderne. Le texte se termine sur une affirmation de son existence au présent : « Aujourd'hui [...] elle est ! »

LA

LA se demande au début de la démarche si elle doit reprendre des aspects du passé déjà connus pour les creuser davantage et s'en libérer, ou explorer des dimensions nouvelles. Étudiante au doctorat, elle s'intéresse particulièrement à son parcours de formation. La rigueur intellectuelle lui importe. LA se situe dans un cycle de vie où elle a beaucoup de pressions extérieures. L'été avance et elle n'arrive pas à se mettre à cette tâche qu'elle voudrait rigoureuse. Finalement, elle décide de délaisser la « visée spécifique » qu'elle avait au départ pour aller au gré de ses réflexions sur sa vie. Elle choisira une forme qui lui permet de faire le pont entre le présent et le passé, entre la rigueur et le plaisir, entre la vie intellectuelle et la vie affective : le journal. Pendant un mois, LA tiendra un journal, au jour le jour. Un va-et-vient entre la vie du présent et les souvenirs du passé. Un bercement parallèle au roman qu'elle est en train de lire et qui parle de la mer. C'est à travers ses valeurs, solidement campées dès le début, et réaffirmées tout au long du parcours, que la continuité se manifeste dans le récit de LA.

MI

MI me téléphone au début de l'été. « Je ne suis pas capable d'écrire. Je suis bloquée. L'idée d'avoir à montrer mon texte aux autres me dérange. » Je lui dis que l'important c'est qu'elle écrive, tant pis si elle ne montre pas aux autres son récit. Qu'elle ne le fasse que pour elle. Par ailleurs, je lui demande si elle pourrait écrire sur ce blocage, ne serait-ce que quelques lignes qu'elle pourrait partager avec le groupe, car il se peut que d'autres aient éprouvé la même difficulté.

MI me rappelle quelques jours plus tard, la voix joyeuse : « J'ai écrit ! » Cela lui est venu à la suite d'un rêve qui met en lumière et dénoue ce qui travaillait en elle dans cette période de retour sur sa vie. Quelque chose a émergé pendant la nuit, une image qui lui permet de donner du sens à ce qui l'habite depuis quelques mois et de le relier à son récit. C'est un court texte écrit à la troisième personne, sur un mode onirique. Un texte intime, profondément investi, qui rejoint aussi les autres par son intensité émotive.

L'expérience de MI évoque tout ce qui remue en marge de la conscience. La nuit transformatrice des matériaux que nous apporte la vie diurne… La nuit qui dépose les résidus du jour sur les plages du rêve… Et cette transformation du matériau permet à MI de produire un texte qui sera « montrable » aux autres. Où les faits ne sont pas donnés à l'état brut, mais fondus à l'intérieur d'une création littéraire. Cela rappelle aussi Bachelard : « En somme, bien dire des faits, dans la positivité de l'histoire d'une vie, c'est la tâche de la mémoire de l'*animus*. Mais l'*animus* est l'homme du dehors, l'homme qui a besoin des autres pour penser. […] Les poètes nous aident à choyer nos bonheurs d'*anima* […] en nos rêveries, nous faisons des tableaux impressionnistes de notre passé[6]. » Quand MI rend son histoire à travers un récit poétique, elle nous trace un « tableau impressionniste » de sa vie.

6. G. Bachelard, *op. cit.*, p. 90.

FA

FA éprouve une expérience analogue. Mue dès le départ par un désir d'écriture littéraire et poétique, elle ne veut pas raconter les faits de sa vie. Durant la période d'interruption qui sert à la production du texte, FA tient un journal parallèle au travail qu'elle effectue sur son récit (et dans lequel on reconnaît ce souffle d'*anima*). Elle écrit :

« L'écriture que je fais en ce moment me permet de constater que je ne cherche pas tant à décrire des événements, ni à m'inscrire dans le déroulement ou la chronologie de ma vie, mais bien à saisir des sensations et des émotions "associées" à ces événements. Je découvre que mon histoire est bien davantage l'histoire de ma vie intérieure plutôt qu'un trajet, un tracé à travers les années et les étapes qui en sont supposément marquantes. »

« [...] mon récit ne se veut aucunement l'histoire de faits ou anecdotes, la narration d'événements qui ont émaillé ma vie. Je ne veux pas raconter des événements, mais dire ce qui m'émeut, ce à quoi je suis sensible, ce qui me fait vibrer. J'ai la conviction que j'exprime beaucoup plus de moi-même en passant par ce qui touche ma sensibilité qu'en déballant des faits. Dans ce récit, je veux juste dire ce à quoi je suis sensible dans la vie. Rien de plus. »

« Ma vie n'est pas historique, chronologique et linéaire (elle l'est bien sûr, comme toutes les vies, mais ce regard ne m'intéresse pas) ; ma vie est l'ensemble des instants qui m'ont éblouie, remplie, me laissant quelque chose de la vie et du sens de la vie. »

Ce sont ces instants de vie, instants d'enfance et d'aujourd'hui, que FA a saisis et traduits dans une suite de fragments littéraires, poétiques, comme autant de tableaux, des « textes courtepointe » comme elle les appelle.

DO

DO travaille différemment, presque à l'opposé. Elle s'est sentie très stimulée par l'idée de retracer son parcours de formation. Après la rencontre portant sur ce thème, elle a écrit un essai de dix pages qui fait ressortir, à travers des expériences diversifiées, la continuité de son cheminement professionnel et la vision de son avenir. Enthousiasmée par ce texte, elle veut retracer à présent son parcours amoureux. À la fin de l'été, elle a produit cinquante pages remplies de personnages, d'actions, de lieux, d'anecdotes colorées et vivantes, d'extraits de journaux antérieurs, le tout respectant la chronologie des événements. On assiste au fil des pages à l'évolution de l'autonomie et de l'estime de soi de la narratrice, de son rapport au corps, au plaisir, à la reprise graduelle de son pouvoir sur sa vie. Contrairement à FA qui se reconnaît d'abord et avant tout à travers le récit de sa vie intérieure, c'est à travers le récit de sa vie extérieure que l'identité de DO se révèle, se reconstruit.

SOL

Le récit de SOL est construit sur le modèle du parcours héroïque. Il commence par un récit de naissance, puis décrit le chemin. Cela rappelle le cycle du héros, une structure narrative que l'on retrouve dans la plupart des contes et des mythes : naissance hors du commun, combat pour la survie, route des épreuves, intégration des forces et retour chez soi[7]. SOL avait découvert au cours de sa démarche qu'elle était solidement ancrée dans son histoire familiale et dans sa généalogie. Enracinée dans le « nous », sa problématique est celle du « je », d'une quête pour exister, elle, comme individu, femme, puissante et créatrice. Elle disait à la première

7. À ce sujet, lire Joseph Campbell, *Les héros sont éternels*, Paris, Éditions Robert Laffont, 1978 (1949).

rencontre : « Je cherche ma voix, ma créativité. » L'image du retour chez soi est nettement présente à la fin du texte de SOL, à travers des images poétiques porteuses d'avenir : « J'ai commencé à habiter ma maison. » Ainsi que celle du jardin alentour « où poussent les plantes vivaces enfin retrouvées » (créativité), et où « un arbre debout » (individualité) ouvre tout grand ses bras sur la vie…

SI

SI est à une époque de sa vie où elle veut boucler les choses du passé. Période qui parle de changement, de transition, de passage. Son récit met en évidence le thème des origines et de ce qui se transmet à travers les générations. Il faudra d'abord remettre à chacun, ceux qui sont venus avant soi, ce qui leur appartient pour découvrir qui l'on est, soi. SI en profitera pour interroger sa mère sur des points qui lui paraissent obscurs. Comme dans le récit de SOL, son parcours rappelle le voyage du héros. « Je suis entrée dans la vie comme on entrait en croisades autrefois. » Une longue quête d'identité qui passe par la reconnaissance de ses origines, du prénom qu'elle porte, des cycles de vie traversés ; un travail de déconstruction du « récit dominant » qui avait été autrefois le sien : « Ici je donne encore la version de ma mère. » Dans ce dur et long combat, une figure mythique positive, issue de l'enfance et détentrice de pouvoir, agit « comme une source secrète ». Au fil des pages, SI rassemble différents morceaux de son histoire en un récit très intégré.

Un travail de reconstruction

Le travail d'écriture, dans un récit de vie, est avant tout un travail de reconstruction. Qu'il soit rendu sur le ton de l'essai synthèse (RÉ), du récit mythique (SOL, SI), sous forme de fragments littéraires (FA), de journal (LA), rapporté de façon chronologique (DO) ou transposé dans une forme poétique (MI), le récit rend compte d'une élaboration, d'une construction à partir du matériau recueilli, sélectionné, retravaillé.

Cela rappelle le travail du roman historique. « Dans l'écriture d'un roman historique, il n'y a pas que la contrainte des documents. Il y a les faits historiques mais il y a aussi plein de blancs [...] Ce sont ces blancs que tu peux habiter comme romancière[8]. » De la même manière, on peut dire que le récit autobiographique procède autant de l'histoire (recherche de faits, photos de famille, documents généalogiques, journaux antérieurs, interviews de parents) que de la fiction (des « blancs » à habiter, des liens à tisser, une histoire à reconstruire). C'est une création à laquelle participe la vie présente du narrateur, autant sinon plus que la mémoire du passé. Y transparaissent ses préoccupations du moment, les thèmes existentiels qui l'habitent aujourd'hui, sa culture.

Dans son journal de bord, FA écrit : « Ma vie n'est pas un long fil à dérouler, un récit linéaire. Mon récit peut se faire à partir d'une foule de petites choses qui me reviennent, qui se réemparent de moi, et qui souhaitent que je m'empare d'elles et que je les nomme, les transcrive. [...] Ma vie, ce n'est pas tant ce qui m'est arrivé (attitude passive), mais ce que je m'approprie pour que ça devienne de la vie pour moi, aujourd'hui même (attitude active). Je ne fouille pas le passé, j'apporte les instants qui en surgissent involontairement, je les apporte dans ma vie et les réexplore, les réutilise dans l'instant présent. » D'autres ont envie de rechercher des données (DO, RÉ), d'interroger des personnes (SI), mais

8. Madeleine Ferron, citée par Jean Royer, « Dans les blancs de l'histoire », in *Écrivains contemporains. Entretiens* 3, Montréal, L'Hexagone, 1985, p. 113-114.

dans tous les cas, il y a un travail d'appropriation, de reconstruction. Le narrateur ne fait pas que raconter les faits ; il cherche à établir du sens, à créer des liens, à trouver le fil conducteur à travers la diversité du matériau disponible.

Habiter sa langue et ses mots

Nous sommes moulés dans le langage, disions-nous avec Michael White, et nous avons intériorisé sur les bancs de l'école, avec la bonne manière d'écrire, toute une liste de « il faut ». Nous avons appris à écrire dans une langue souvent très loin de la nôtre, loin de celle de nos origines. Pas étonnant que la page blanche soit source d'angoisse et que l'on manque de confiance dans sa voix. Annie Ernaux écrit dans *Les armoires vides* : « Ces livres ne parlent pas comme nous, ils ont leurs mots à eux, leurs tournures qui m'avertissent d'un monde différent du mien[9]. »

Dans *La honte*, où elle cherche à retracer la réalité de ses douze ans, elle ne veut pas faire de récit « qui produirait une réalité au lieu de la chercher », mais plutôt traiter les images « comme des documents », être « en somme ethnologue[10] » d'elle-même, pour mieux rejoindre cette réalité d'alors. Les mots qui la faisaient rêver dans les romans de son enfance n'avaient rien à voir avec la réalité matérielle des êtres et des choses de son entourage. « Il me semble que je cherche toujours à écrire dans cette langue matérielle d'alors et non avec des mots et une syntaxe qui ne me sont pas venus, qui ne me seraient pas venus alors. Je ne connaîtrai jamais l'enchantement des métaphores, la jubilation du style[11]. »

---

9. A. Ernaux, *Les armoires vides*, Paris, Gallimard/folio, 1974, p. 76.
10. A. Ernaux, *La honte*, Paris, Gallimard, 1997, p. 37-38.
11. *Ibid.*, p. 69-70.

Dans son milieu, « il n'y avait presque pas de mots pour exprimer les sentiments ».

Qu'il s'agisse d'effectuer un travail de reconstruction par le biais du récit, ou qu'on veuille plutôt se faire « ethnologue » de soi-même, travailler son histoire confronte chaque fois l'individu aux langages appris, aux normes sociales intériorisées, et le conduit à une recherche d'appropriation de ses mots. Écrire permet de prendre conscience des codes extérieurs, de s'en dégager afin de mieux habiter le territoire du langage, en investissant les mots de sa propre sensibilité.

Se séparer, devenir « un » et créer du sens ensemble

Le récit autobiographique est aussi un chemin d'individuation. Dans cette tentative de répondre à la question « qui suis-je ? », chacun est amené à parler en son nom, à dire « je », à se poser en tant que sujet de son histoire. Mais notre identité n'est jamais acquise une fois pour toutes comme une vérité inébranlable ; c'est une quête qui se prolonge tout au long de la vie. Sur la même trame de fond, au fil du temps, un récit diffère : par le ton ; par les significations qui se sont enrichies ; par la compréhension qui s'est approfondie ; par la façon dont les « blancs » deviennent progressivement habités ; par le sens donné aux événements et par sa vision de l'avenir. À force de se dire et de se réinventer, et à force de peupler la page blanche de ses images et de ses mots, on finit par reconnaître sa voix. On entrevoit aussi ce qu'il y a de permanent dans son être et qui constitue son identité.

Écrire son histoire permet d'unifier, d'intégrer ses différentes expériences, ses changements à travers le temps. De « rapailler ses morceaux », comme dit RÉ. Utilisé dans un contexte de groupe, c'est un outil très riche, un lieu de rencontre où l'on tente, à travers le partage, de créer du sens, ensemble. Cela me semble correspondre au besoin de sens propre à notre époque. En ces temps où les frontières éclatent, frontières géographiques mais aussi culturelles et spirituelles, nous avons plus que jamais besoin de nous sentir reliés. En tant qu'humains, nous possédons cette faculté unique de pouvoir raconter des histoires et de mettre en mots la nôtre. Or les histoires nous relient. Les conteurs nous relient. Les poètes nous relient. J'ouvre la télévision et je tombe sur une publicité : des flashes, des flashes. Je zappe et je tombe sur un extrait de nouvelles. La vie morcelée, émiettée. Les grands-parents n'habitent plus nos maisons pour nous transmettre nos légendes et nos racines. Les familles se fragmentent et se recomposent. Nos frontières intérieures éclatent. Pour le psychologue Michel Legrand, auteur de *L'approche biographique*, c'est par « la reconstruction d'une histoire personnelle sensée » que l'on pourra « se prémunir des effets de la désymbolisation collective[12] ». Sur cette voie, il propose une approche multidisciplinaire, à la fois biographique, romancière, historique et narrative.

Rejoindre l'universel

Dans l'introduction à son ouvrage, Legrand – à la suite de Politzer – rappelle que « la psychologie ne s'est instaurée comme science qu'en expulsant le drame humain », brisant ainsi « l'alliance de l'homme avec l'homme[13] ». Pour retrouver du sens, il faut revoir la vie dans sa globalité et dans ce qu'elle a d'universel. Cette invitation de Legrand à rapatrier dans nos vies la dimension dramatique et universelle de l'existence se retrouve également chez Hillman. Pour se guérir de son histoire, il faut retrouver le sens du *mythos*, c'est-à-dire le sens du drame humain mis en récit. C'est à

12. M. Legrand, *L'approche biographique*, Paris, Épi, 1993, p. 282.
13. *Ibid.*, p. 19.

cela que Miriam Polster, formatrice gestaltiste, nous conviait aussi en affirmant : « Si vous voulez comprendre la vie et comprendre les personnes, ne lisez pas que de la psychologie, lisez aussi des romans. »

En écrivant son récit de vie, il arrive qu'un mythe se profile derrière la trame des événements. « Le mythe est une histoire sacrée qui se déroule dans un temps et dans un lieu en dehors de l'histoire réelle, factuelle. [...] Le mythe transcende l'individuel et utilise une imagerie qui nous donne à réfléchir aux questions archétypales qui façonnent toute vie humaine[14]. » On pourra se voir en Sisyphe roulant sa pierre jusqu'au sommet, et recommençant sans cesse. Ou en Ulysse à la dérive cherchant contre vents et marées à rentrer chez lui. Quand j'ai accompagné ma mère dans ses dernières années de vie, alors que je passais plusieurs heures par semaine à sa résidence d'accueil, je me suis vue un jour en Perséphone condamnée à passer une partie de l'année chez sa mère Démeter et l'autre, chez son époux des enfers. Sauf que l'enfer, ici, s'appelait Alzheimer. Dans le mythe, la terre desséchée ne peut refleurir que si Perséphone consent au sacrifice. Cette proximité du mythe me donnait un nouveau sens. Accompagner quelqu'un dans sa souffrance, c'est peut-être contribuer à semer un peu de vie sur cette terre trop souvent desséchée.

Il y a les grands mythes, mais il y en a aussi de petits. Nos limites humaines, notre solitude, la conscience de notre mort nous conduisent à désirer plus, à vouloir nous dépasser. C'est à partir de cet état de désir, à partir aussi de nos manques, ces « blancs » à remplir, et à partir de nos blessures que nous créons. Parfois cela devient notre mythe fondateur, notre légende personnelle, le souffle qui anime toute notre vie.

---

14. Thomas Moore, *op. cit.*, p. 249.

Et il y a la « mythologie familiale », ses légendes et ses histoires. La famille, ce microcosme social. Écrire sur les personnages de sa vie est une façon d'*épaissir* son histoire et nous fait rencontrer ce microcosme présent en soi.

Une symphonie… inachevée

À la dernière rencontre, DO s'exprime ainsi : « Je n'ai pas réécrit ma vie ; je l'ai écrite telle qu'elle est pour mieux la saisir, la comprendre et en tirer des leçons ». RÉ : « S'il y a des problèmes qui se transmettent avec les générations, il y a aussi des forces étouffées dans les rangs précédents qui éclosent à l'autre bout ». MI : « J'ai envie de m'arrêter davantage sur ces flashes, ces moments de rêves qui mettent en route ma créativité ». FA : « Ça nous fait aimer notre vie ». SOL : « J'ai beaucoup apprécié la solidarité que cela crée avec les autres. » LA : « Ça m'a donné un élan pour écrire, une liberté. » SI : « Ça me donne envie de continuer à travailler mon histoire. » Quatre autres personnes formulent le même souhait.

Tellement, que nous avons continué.

Pendant l'année qui suivit, nous nous sommes rencontrées de façon régulière, chez l'une ou l'autre. J'appelais ce nouvel atelier « Les cafés de Sophie » *:* Sophie pour *sophia*, sagesse. Le but était d'allier l'écriture et la réflexion, afin de retrouver cette sagesse intérieure, intuitive, acquise à travers nos expériences personnelles et à laquelle nous puisons chaque jour. J'écris aussi. Nous écrivons. Des histoires déclenchées par un mot, une phrase proposée par le groupe. Des récits. Des fragments. Des histoires qui vont dans toutes les directions. Juste pour le plaisir d'écrire, d'*épaissir* son histoire, d'amener la vie « dans toutes ses grosseurs ». Pour le plaisir de raconter une bonne histoire, pas toujours drôle, pas toujours belle, pas vraiment sage, mais une histoire que l'on aime et qui nous fait aimer notre vie.

Une pièce musicale ne saurait exister sans l'harmonie des notes qui la composent. Sans les partitions de DO RÉ MI FA SOL LA SI, ce chapitre n'aurait pas le même air. Des chercheurs, des écrivains et des artistes ont aussi nourri mon imaginaire, traçant des clés sur la portée de ma propre histoire. Et nos musiques intérieures sont également ponctuées de silences et de soupirs… De rêves et d'espoirs…

Nous sommes faits de tout cela. Nous portons le monde en nous. Et le monde aussi nous porte, et parfois il nous chante, et parfois il nous joue. « J'étais un adagio, écrit Göran Tunström dans *L'Oratorio de Noël.* J'étais une des notes, une partie nécessaire au morceau qui était joué, et quand l'herbe et les arbres se sont penchés, j'ai su qu'il y avait quelqu'un dont les doigts légers, comme sur un clavier, parcouraient tout ce qui était vivant[15]. »

---

15. G. Tunström, *L'Oratorio de Noël*, trad. du suédois par Marc de Gouvenain et Lena Grumbach, Arles, Actes Sud, 1992, p. 382-383.

QUELQUES GRAINES DE *CARAGANA*
Les racines d'un métier, d'une passion

L'imaginaire est fait du noyau même de notre être avec tout ce que la vie, au cours des années a amassé de joies et de peines, d'amour et de colère, tandis que la terre qui nous entoure fait pression, dans sa puissance énorme, et s'engouffre et il y a passage du dehors au dedans et du dedans au dehors, échange et jubilation.

ANNE HÉBERT

Faire le récit de sa vie, c'est porter un regard sur les expériences qui ont façonné l'être que je suis. C'est retrouver le terreau dans lequel s'enracine tout métier, toute passion. C'est aussi poser la question de l'héritage : celui qu'on a reçu et celui qu'on veut laisser derrière soi.

De quelle histoire sommes-nous les héritiers pour en faire un jour un métier ? Prendre soin de la souffrance d'autrui est une expérience humaine universelle. Il n'est pas nécessaire d'être thérapeute pour éprouver de la compassion envers d'autres humains, mais cela suffit-il pour en faire une profession ? Et de celle-ci, comment s'effectue le pont vers l'écriture ?

Le métier de thérapeute

Il a fallu, bien souvent, rencontrer la souffrance au cours de son histoire pour avoir envie de consacrer sa vie à la soulager, parfois même apporter au monde une contribution nouvelle. Ce fut le cas du psychiatre Viktor Frankl qui a développé une approche thérapeutique fondée sur la nécessité de donner un sens à la vie[1].

Prisonnier dans un camp de concentration, Frankl observe que ceux qui ont une raison de vivre – une famille ou des personnes à retrouver – survivent mieux à la maladie et aux conditions inhumaines de la captivité. Les détenus qui apprenaient la mort de leurs proches renonçaient à lutter et finissaient, dans bien des cas, par succomber. Pour lui, c'est un manuscrit perdu qui lui donne cette force de continuer, un livre qu'il avait commencé à écrire, qu'on lui a confisqué et qu'il veut terminer. Il y consignera plus tard la base de son approche, appelée « logothérapie ». On ne peut pas changer son destin (une maladie ou une épreuve inévitables), mais on peut lui découvrir un sens, écrit-il. On peut en faire une réalisation humaine : s'engager pour une cause, par exemple, ou dans une œuvre artistique.

Milton H. Erickson, cloué par la poliomyélite sur un lit d'hôpital durant sa jeunesse, dit que cette infirmité lui a apporté « un avantage terrifiant sur les autres[2] », car c'est à travers cette expérience qu'il a appris à observer. Complètement paralysé, il ne pouvait rien faire d'autre que ceci : regarder ! Cela lui a servi à comprendre plus tard, alors devenu médecin et psychothérapeute, que le client est aux prises, lui aussi, avec ses propres paralysies, ses « choses incapacitantes », et qu'il faut transformer cette paralysie en matériaux utiles. Conteur né, il utilisait ses talents littéraires pour raconter à ses patients des histoires ingénieuses et subtiles, ouvertes sur de multiples possibilités de changement.

---

1. V. E. Frankl, *Découvrir un sens à sa vie avec la logothérapie*, Montréal, Éditions de l'Homme, 1988 (1959).

2. M. Erickson, *Ma voix t'accompagnera… Milton H. Erickson raconte* (textes publiés et commentés par Sydney Rosen), trad. par Sylvie Fournier, Paris, Hommes & Groupes Éditeurs, 1986, p. 41-44.

C'est quand elle a eu accès à son monde intérieur par la peinture que la psychanalyste Alice Miller a compris quel avait été le drame de son enfance. Elle a élaboré une œuvre théorique pour partager sa vision de la « souffrance muette » de bon nombre d'enfants. Elle a aussi montré comment les expériences traumatiques de l'enfance pouvaient trouver à s'exprimer dans l'activité artistique[3].

Ces créateurs ont en commun d'avoir utilisé leur expérience personnelle et leur richesse intérieure pour apporter un nouvel éclairage sur la souffrance humaine et montré divers chemins pour en sortir.

De nombreuses motivations peuvent être à l'origine du choix du métier de thérapeute : des dispositions naturelles, une rencontre marquante, une histoire d'enfance, souvent un tissage d'expériences… Des rencontres précoces avec la tragédie de la vie prédisposent certains tempéraments à une vocation d'aidant. Un enfant qui prend en charge l'un de ses parents souffrant dont il devient le confident, par exemple, développe un talent particulier à comprendre les autres et à reconnaître leurs besoins. De cette position difficile, il retire aussi des gratifications qu'il retrouve, plus tard, dans le travail de thérapeute, et sans lesquelles faire ce métier serait insoutenable, sans quoi tout accompagnement serait insoutenable. Mais à taire sa propre souffrance pour soulager autrui de ses angoisses, il met aussi en péril son identité[4].

Celui qui veut aider les autres aura donc comme tâche première de trouver (ou retrouver) son individualité et

3. A. Miller, *Le drame de l'enfant doué*, Paris, Presses Universitaires de France, 1983. Et aussi *L'enfant sous terreur*, Aubier, 1986 ; *Images d'une enfance*, Aubier, 1987 ; *La souffrance muette de l'enfant*, Aubier, 1990.

4. D.-L. Haineault, « Faire métier d'une enfance singulière », in R. Pelletier, H. Van Gijseghem et J. Beaudry, *Psychanalyse : vision du monde ?*, Montréal, Éditions du Méridien, 1990, p. 107-124.

d'habiter son territoire intérieur, travail qui se poursuit tout au long de sa vie et de l'exercice de sa profession. Car c'est à travers la richesse des expériences et la fécondité du monde intérieur que réside la créativité thérapeutique (comme on l'a vu dans les exemples précédents), autant que la créativité artistique ou littéraire. « J'ai besoin d'aller dans l'enfance, dit Anne Hébert, parce que c'est aller dans son subconscient, et que c'est un terreau formidable pour l'écriture[5]. »

L'écriture a été pour moi une voie de découverte et d'exploration de mon univers intérieur. Journal, poèmes, essais autobiographiques, fiction m'ont servi au fil du temps à construire, et reconstruire, à remettre cent fois sur le métier mon identité. Mais aussi à trouver une continuité à travers les fluctuations de ma vie.

De mères en filles

J'ai été cette petite fille qui voulait rendre sa mère heureuse, au milieu d'une famille marquée par les épreuves. Une petite fille qui regarde alentour, impuissante et chagrinée de ne pouvoir alléger la détresse des autres, qui doit oublier ses besoins et taire ses peines pour ne pas alourdir les leurs.

J'ai été cette adolescente qui découvre la psychologie et, avec cette « science de l'âme », l'espoir de mieux se comprendre et de mieux comprendre la vie ; la promesse d'un ordre possible au milieu du chaos, d'un sens au cœur de l'insensé, de mots porteurs de vie dans le silence et l'innommable.

J'ai été cette jeune femme blessée dans son intégrité physique, apprenant à 18 ans qu'elle n'aurait pas d'enfant, dorénavant hantée par cette question : comment accoucher autrement, et de quoi ? Comment accomplir sa vie et essayer

---

5. Entrevue publiée dans *Voir*, Québec, numéro du 27 janvier au 2 février 2000.

d'en faire une œuvre ? Le jour où je me suis assise devant l'argile pour façonner la terre, une multitude de femmes ont surgi sous mes doigts : des femmes de partout et de tous les temps. Ces figurines d'argile, je les ai appelées *Les Pleurantes*. Elles m'ont fourni la matière de mon premier livre tout en me rendant une maternité symbolique. Et leur donnant la parole, je me réappropriais en même temps la mienne. Comme s'il m'avait fallu passer par l'argile, par le corps, pour arriver à l'écriture. Une écriture qui dépasse le seul besoin d'expression, où prime la recherche d'une forme esthétique. Pour faire une œuvre qui ne soit pas que vraie, mais aussi socialement recevable.

Et j'ai été cette femme mûre qui accompagnait sa mère dans la nuit de sa mémoire et qui, une fois encore, allait faire de la douleur un livre. Comment parler de ces années sans rappeler cette lointaine petite fille qui voulait rendre sa mère heureuse ? Cinquante ans plus tard, quand je l'accompagnais vers ce pays sans retour, montait encore en moi cette question qui me brûlait les lèvres : « Es-tu heureuse, maman ? » C'était le jour et la nuit. C'était la nuit dans mes rêves. Un an après sa mort, alors que je m'apprêtais à remettre le manuscrit final à l'éditeur, j'ai eu ce rêve de ma mère traversant une forêt de brume et venant me visiter. Nous sommes assises genoux contre genoux, comme dans les années de la maladie, et je lui demande encore : « Es-tu heureuse, maman ? »

Mais de ma mère je n'ai pas hérité que des peines à porter. J'ai hérité de sa poésie, de son côté contemplatif, de son amour du paysage qu'elle transposait en aquarelles. Pédagogue, elle m'a aussi transmis la passion d'apprendre et d'enseigner ; elle m'a appris à lire à cinq ans et m'a fait aimer les livres et les cahiers. En faisant le tri dans ses biens après sa mort, j'ai eu la surprise de trouver des caisses remplies de cahiers, des tas de cahiers encore vierges et des crayons de toutes les couleurs, des crayons tout neufs, des bandes élastiques, des trombones, des agrafeuses. Retraitée depuis plus de dix ans, elle continuait à acheter des fournitures scolaires. C'était pour écrire son histoire, disait-elle. Mais elle avait oublié qu'elle avait commencé la veille et s'en allait acheter un autre cahier, d'autres crayons. Et elle a trimballé sa mallette d'enseignante jusqu'à la fin de sa vie. Privée de souvenirs et de mots, il lui restait encore cette mémoire du corps, ce geste. Je suis la fille de cette mère : j'achète moi aussi des tas et des tas de cahiers !

Et j'ai hérité d'un autre cahier, alors que ma mère était en train de « casser » maison. Un cahier bleu gravé de lettres d'or : l'histoire de ma grand-mère écrite de sa main à l'âge de 47 ans – récit inachevé puisqu'elle devait mourir trois ans plus tard, à l'âge de 50 ans. J'ai 47 ans, moi aussi, quand je reçois ce cadeau. En découvrant l'histoire de cette grand-mère que je n'ai pas connue, je comprends que le désir d'écriture me vient d'aussi loin que là. Née aux États-Unis d'un père québécois et d'une mère irlandaise, grand-mère a connu les ruptures de l'exil et le choc de deux cultures, de deux langues. Toute petite déjà, elle porte une vision rassembleuse du monde et rêve d'écrire des sermons qui toucheraient le cœur des hommes. Avec le mariage, les seize grossesses qui s'ensuivent et la misère matérielle de l'époque, elle sera prise par la vie du corps – le corps qui enfante, le corps qui berce, le corps qui soigne et nourrit, qui reprise et coud – devant ainsi renoncer à la vie de l'esprit, à ses rêves d'enfant.

En lisant son récit, je comprends qu'écrire son histoire à la fin de sa vie aura été une façon de se rassembler, elle, avant de mourir. Et me voici portant à mon tour le flambeau rassembleur, accomplissant le projet de ma grand-mère : j'écris ! À partir de son histoire, j'ai compris aussi que mon projet d'écriture consiste essentiellement à recoudre les mémoires. Mémoire du corps blessé. Mémoire des mères. Mémoire d'une lignée.

Je suis tout cela. Je porte en moi tous ces héritages. Je suis celle qui veut soulager la souffrance des autres. Celle qui aime les mots. Les mots qui guérissent. La parole vraie et vivante. Celle qui a dû, pour y arriver, reconquérir son identité et son paysage intérieur. Celle qui écrit ce que la vie l'a amenée à comprendre, qui raconte l'histoire de cette vie-là, la sienne, qui sent le besoin de laisser un héritage derrière elle, quelques traces sur un blanc pays de papier, bouts de mots, bouts de récits, courtepointe d'histoires cousue au fil de la mémoire et des mots.

La langue des pères

Et je suis aussi la fille de mon père… « Je suis de crevasses et d'eaux profondes / de légendes et d'Alexis / de mots trotteurs / qui vont de par le monde[6]. »

Je suis la fille de ce père qui raconte des histoires et des légendes régionales. Il aime son pays, mon père, il a la curiosité des origines, à commencer par celles des mots. Il dit que « Saguenay » vient de l'amérindien et signifie « eau qui sourd ». Il m'enseigne que les mots ont des racines : celui-ci vient du grec, celui-là du latin. C'était, précisait-il, des langues mortes… Pour la petite fille qui découvre le monde, la langue est un vaste et fragile jardin. Les mots sont une variété de plantes puisqu'ils ont des racines, et ils sont, par surcroît, menacés de mort ! Est-ce pour garder mes mots bien vivants que je les enfouis dans le terreau de ma mémoire ? Si loin, qu'avec le temps, je finis par les oublier et dus

---

6. De l'auteure, *Pays d'épaule et de mousse*, Ripon, Écrits des Hautes-Terres, 2000.

emprunter la langue d'usage faite de principes et de conventions, une langue à moitié morte !

Étrangement, cette langue à moitié morte semblait être celle que l'on attendait de moi : des belles notes en composition, des devoirs réussis, tissés de phrases jolies. Je ne garde aucun souvenir d'écrits qui m'aient étonnée, émue ou bouleversée. Il n'est rien resté de tout cela. Que des phrases insipides et sans vie.

Je suis la fille de ce père qui sait beaucoup de choses et possède beaucoup de livres, rangés dans une bibliothèque qui me ravit. Mais comme les pères de mon époque, il parle peu de ses sentiments, sinon en humour ou en paraboles. Dans son attrait des origines, il étudie son arbre généalogique et déplore que les registres ne remontent pas plus loin que le XVIe siècle. Il dit en riant : « Je ne saurai jamais si je descends d'Abel ou de Caïn ! » Il cherche l'Arbre de la connaissance, mon père, celui du Bien et du Mal.

Et il aime les vrais arbres, tout spécialement les « pois de Sibérie » qu'il cultive pour en revendre, un arbuste pouvant servir de haie et qui se pare de fleurs jaunes au début de l'été. Quand je repense à mon enfance, j'ai ce souvenir de moi lisant sous la fraîcheur de la haute haie, souvent dérangée par le va-et-vient des abeilles butinant dans les fleurs jaunes.

Je n'aimais pas les abeilles !

Je revois aussi ce geste de mon père assis dans la cuisine à l'automne, en train d'ouvrir les gousses sèches pour recueillir les graines qui serviront à démarrer de nouveaux semis. Plus tard, bien plus tard, j'ai compris que le désir est dans la graine. J'ai compris que le désir des livres et des mots était là, déjà, quand je lisais sous la haie. Aujourd'hui je suis cette abeille dont le bourdonnement peut être parfois dérangeant. J'écris des textes à même le suc de ma vie. Je transporte le pollen des mots dans l'univers, une parole que j'espère féconde. J'anime des ateliers d'écriture, des lieux d'où émanent parfois des bourdonnements de ruches, des lieux où l'on s'affaire à transformer les matériaux extirpés du cœur même de la vie. L'écriture – tout comme la thérapie – est lieu de transformation, ruche, espace privilégié. Pour que cette transformation opère, il faut que la parole soit féconde.

Comment ouvrir les gousses pour cueillir les graines qui donneront de nouvelles pousses ? Cette graine du désir enfouie dans le terreau de la mémoire ? Enfouie et oubliée. Comment rendre la vie aux mots pour qu'ils fassent des racines et fleurissent sur la page ?

Il m'aura fallu plusieurs années et un travail poétique pour rendre aux paysages et à la langue de mon enfance leur puissance et leur fécondité. Nul doute que mon *Pays d'épaule et de mousse* rend aussi hommage à la fierté de mon père et contribue à recoudre en moi cette autre mémoire : celle des origines.

Mais les influences et les traces laissées en soi ne se réduisent pas à celles des origines, à celles du père et de la mère. Toutes les rencontres importantes d'une vie, lumineuses ou inspirantes, transformatrices, sont autant de graines semées dans un terreau prêt à les recevoir. Des rencontres, des livres, des événements. Elles voyagent de multiples façons, les graines : une fissure dans une roche ou un trottoir, un pot de terre sur le rebord d'une fenêtre leur suffisent pour s'ancrer. Et c'est parfois après plusieurs années de vie latente qu'elles se mettent à germer.

J'arrive à l'automne de ma vie. Je sais aujourd'hui que « les pois de Sibérie » si chers à mon père s'appellent en réalité *caragana* ou « caragan de Sibérie ». J'arrive à l'automne de ma vie et j'ai envie à mon tour d'ouvrir les gousses pour partager les modestes graines de mon expérience. Au fond, je suis peut-être une semeuse…

Une parole vivante et créative

Qu'elle était belle cette parabole du semeur et les autres que le prêtre lisait le dimanche à l'église ! Les paraboles, c'était des histoires… *Il était une fois des gens qui n'avaient plus de quoi manger. Arrive un homme qui marchait sur les eaux. Il dit : jetez vos filets à la mer… Cet homme-là multipliait aussi les petits pains… Il était une fois des noces et les gens n'avaient plus de vin. Marie dit à son fils : « Fils, fais ce que tu sais faire… » Il répond : « Mère, ne me dis pas quoi faire… »* C'était des histoires magnifiques et vivantes qui touchaient mon imaginaire d'enfant.

Il y a des histoires qu'on ne comprend pas sur le coup, mais qui font leur chemin dans le sous-bois des neurones. C'est le signe d'une parole vivante et créative. Elle transforme la pensée et les idées de celui qui écoute et suscite en lui des images et des histoires. Elle fait remonter à la surface de la conscience des souvenirs et des émotions. Elle transporte des échos lointains, remuant ce qui sommeillait dans les profondeurs, prêt à s'éveiller. Elle stimule ainsi la capacité de rêver et d'avoir des visions. Elle n'impose pas d'interprétations ou de jugements. Elle propose un nouveau sens, évoque d'autres possibilités, révèle une réalité inaperçue jusque-là. Et elle est parfois silence, quand le silence, à ce moment-là, est ce qui parle le mieux.

À l'église, les histoires étaient belles, mais cela se gâtait quand le prêtre prenait la parole, une parole faite de jugements et de conventions. Ce n'était plus des histoires, c'était des sermons. Le plaisir se changeait en peur, le désir en culpabilité. Et la langue, en « langue morte ». Des idées neuves, ce sont des graines qui tombent dans un cerveau labouré. Après, ça ne dépend plus de celui qui sème. Ce qui va pousser, souvent même à l'insu de la personne, dépend de l'individu, de sa terre, de la plante unique qu'il est appelé à devenir…

Va voir dans tes racines

Camille était dans la trentaine quand elle vint me consulter la première fois. Professionnelle dans une importante organisation, femme de tête, dynamique, ambitieuse, très brillante et reconnue en tant que telle, elle souffrait pourtant d'un manque d'estime de soi. Elle venait me consulter à la suite d'un échec amoureux. Depuis son divorce, ses relations affectives étaient de courte durée et laissaient en elle un grand vide affectif. Elle avait constamment besoin de vérifier sa valeur auprès des autres. Les premiers temps d'une relation apaisaient temporairement cette faim, lui apportant des reflets d'elle-même quelquefois amplifiés – ce qu'elle savait aller chercher chez les autres. Pendant quelque temps elle se sentait valable, après quoi tout était à recommencer et elle repartait en quête d'un nouveau miroir. Elle disait : « Je ne comprends pas. On a beau me dire et me répéter toutes les qualités que je possède, ça ne dure pas. J'ai toujours besoin de les réentendre. »

Un jour qu'elle me parlait du vide qu'elle ressentait à nouveau, bien qu'un nouvel amoureux vienne de lui déclarer tout ce qu'il admirait chez elle, je lui dis : « Va voir dans tes racines. Reprends une à une chaque qualité que tu viens d'énumérer et qu'on t'a dit que tu avais, et va dans tes racines pour voir si cela correspond à ce que tu es, toi, pour vérifier si, d'aussi loin que tu te rappelles, cela te ressemble. On te dit que tu as de la volonté, par exemple, est-ce vrai ? Peux-tu retrouver des anecdotes, des incidents qui montrent comment tu as eu de la volonté ? Comment l'as-tu développée, cette volonté, dans ton histoire ? Y a-t-il une personne par qui elle t'a été transmise ? Fais la même chose pour ta générosité, et ainsi de suite. Tu vas faire cet exercice jusqu'à ce que tu puisses, *toi*, te reconnaître dans cette valeur ou cette qualité, et que tu puisses, *toi*, dire : c'est vrai, je suis ainsi, c'est bien moi ! Il se peut qu'on se fasse de toi une idée fausse, tu pourras alors la rectifier : "Ce n'est pas tout à fait juste, je ne me reconnais pas dans cela, mais plutôt dans ceci..." »

En trouvant des points d'enracinement dans son histoire, il lui devint plus facile de se reconnaître et de tracer un portrait d'elle-même réaliste et plus juste, approfondissant ainsi le sentiment de son identité. Se remémorer des faits, des anecdotes et en faire le récit donnait aussi de l'*épaisseur* à son histoire. Le sentiment de vide intérieur ressemble à une maison inhabitée. Camille avait besoin de meubler sa maison intérieure et d'apprendre à y vivre.

Ces arbres que l'on a élagués

Lise avait quarante ans et nous travaillions depuis quelques années déjà sur le thème de la séparation d'avec sa mère. Séparation physique d'abord puisqu'elle habitait avec cette dernière au moment où elle est venue me consulter. Psychologique aussi, puisqu'elle avait le sentiment de ne pouvoir exister en dehors de sa mère. D'exister tout court, seule et séparée.

Notre démarche, qui commença par un travail de soutien se mua par la suite en quête d'identité. Lise eut envie de découvrir qui elle était et d'apprendre à exister pour elle-même, en tant que femme. D'anciens deuils émergèrent ; d'autres survinrent en cours de route auxquels s'ajoutèrent des complications d'ordre physique qui nécessitèrent une intervention chirurgicale. Sa détresse, avec toute la charge affective et symbolique associée à cet événement, fut d'une intensité qui me touche encore. Elle me touchait d'autant plus que cela rejoignait des éléments de ma propre histoire. C'était son rapport au féminin, à son propre corps, qui était remis en question.

La souffrance de Lise m'habitait et je craignais l'impact de ce nouveau choc chez elle pour qui les deuils et les pertes s'étaient accumulés. Allais-je pouvoir l'aider à en sortir ? Un jour que je me promenais dans un verger en fleurs, ce que je vis me ramena vers elle. Tous les pommiers avaient été élagués en plusieurs endroits. Les marques laissées sur les branches coupées étaient évidentes. Et pourtant, jamais je n'avais vu de pommiers aussi fleuris, aussi chargés dans cette lumière du printemps. La vie foisonnait de partout. Cela m'emplit de chaleur et d'espoir.

Je ne sais plus si je lui parlai de ce verger et de ces pommiers. Peut-être ne l'ai-je fait que dans mon discours intérieur. Peut-être est-ce à moi que cette vision fit le plus de bien, dans un moment où ma confiance dans le travail que nous faisions risquait de défaillir. Un thérapeute se doit d'être porteur d'espoir. Il aide les gens à accepter de dures réalités, mais il doit soutenir aussi leur confiance en l'avenir. Ce que je veux illustrer, à travers cette anecdote, c'est comment une image peut ainsi contenir une vision d'avenir, tel que l'affirme Bachelard. En travaillant par la suite avec ma cliente, le souvenir de ce pommier merveilleux n'a cessé de m'habiter. Ces cadeaux que la vie nous offre parfois : un instant « magique », une image poétique, une phrase trouvée dans un livre au bon moment, m'ont souvent accompagnée dans mon travail.

Le verger a donné ses fruits. Lise finit par surmonter ses difficultés et ses épreuves, et devint dans son milieu une personne-ressource auprès des autres. À moi, elle aura appris la patience et l'humilité.

Faire des pontages

Il y a plusieurs années, un érable de notre cour fut durement touché, mettant sa survie en péril. Durant l'hiver, des mulots en quête de nourriture en avaient rongé l'écorce sucrée, laissant la chair de l'arbre à vif, ce que nous découvrîmes à la fonte des neiges. Mon mari entreprit alors de faire un pontage. C'est une opération délicate qui consiste à prendre un bout de branche nouvelle et à le greffer en haut et en bas de la « plaie », pour permettre à la sève de circuler. Auprès de certaines personnes, je considère que la thérapie agit comme une sorte de pontage…

Un monsieur vint me voir un jour, profondément abattu. La voix était sans vie. Son visage était rigide et gris, du même gris, pensai-je, que l'édifice de béton dans lequel, haut fonctionnaire, il travaillait. Au cours d'une séance, alors qu'il me parlait de cette voix monocorde, dévitalisée, qui le caractérisait, je l'interrompis brusquement et lui demandai :

— Quand êtes-vous allé la dernière fois vous asseoir dans un parc et avez-vous simplement regardé jouer les écureuils ?

Il répondit très vite, énergiquement, presque offensé :

— Je n'ai jamais fait ça, madame. Je n'ai jamais perdu de temps dans ma vie !

— Eh bien !, lui dis-je, vous allez commencer !

Et je lui parlai du plaisir d'aller s'asseoir sur un banc, dans un parc, près d'un arbre, n'importe lequel, ou peut-être près d'un arbre qu'on a choisi parce qu'on le trouve beau, juste ça, parce qu'on le trouve beau celui-là, ou qu'il nous intrigue. Et là, assis… respirer…

Mon intervention, inhabituellement directive, avait saisi mon client. Il me regarda presque stupéfait et, les yeux grands ouverts, il m'écoutait attentivement. Je continuai et lui parlai du plaisir de respirer… Au fur et à mesure que je parlais, sa respiration s'approfondissait, son visage se détendait. Je lui parlai du plaisir de regarder les écureuils grimper dans les arbres, s'arrêter pour grignoter quelque trouvaille. Et les marmottes ! Ah ! voir une petite tête de marmotte se pointer hors de son trou… Le visage du monsieur montrait à présent une belle couleur rosée. Une chaleur inhabituelle circulait entre nous. Quelque chose était en train de se passer. Le temps de cette entrevue, la vie avait repris son cours.

Je ne crois pas que ce monsieur ait pris l'habitude d'aller s'asseoir dans les parcs pour rêver. Ce que je sais, c'est que l'été suivant, il s'installa à la campagne et entreprit un potager. Si mon intervention y fut pour quelque chose, c'est qu'elle venait révéler un désir déjà là, en latence. Piégé par le devoir et prisonnier des conventions sociales – ces mulots grignoteurs de vie –, il avait perdu contact avec sa spontanéité, sa sensibilité et son imagination. L'arbre était en train de mourir. Il fallait remettre la sève en circulation. En le reliant à la nature, au plaisir tout simple de sentir, de voir, de respirer, nous avions réalisé… un pontage.

Tu m'as donné un imaginaire

Après deux années de psychothérapie hebdomadaire, Lucie se sentit prête à terminer et voulut faire le point sur sa démarche. Nous en étions à la dernière entrevue, l'avant-dernière peut-être, et elle évaluait ce que son cheminement lui avait apporté. Je fus très surprise alors de l'entendre me dire : « Tu m'as donné un imaginaire ! » J'avais l'habitude de recevoir, en fin de thérapie, des commentaires du genre suivant : je m'affirme plus facilement, je m'aime davantage, j'accorde à mes besoins plus d'attention et de temps, je sais mieux ce que je veux, j'ai appris à me faire respecter, je comprends mieux mon histoire, je me connais mieux, avec les variantes et les nuances propres à chaque personne. Mais « avoir un imaginaire », ça, je n'avais jamais entendu. Le mot même ne faisait pas beaucoup partie, à cette époque du moins, de mon vocabulaire de thérapeute.

Qu'avions-nous donc fait, pendant ces deux années, pour qu'au bout du chemin elle reparte avec « un imaginaire » ? Lucie était arrivée dans mon bureau à la suite d'une rupture affective qui l'avait laissée dans un état dépressif important. Et pendant deux ans, je l'avais écoutée, beaucoup écoutée. Elle avait beaucoup pleuré. Elle était remontée jusqu'à son enfance. Elle avait relaté les manques de sa vie, les vides laissés par les départs et les abandons. Elle avait donné du sens à certains événements et tissé des liens entre eux. Elle avait retrouvé la force qui avait été la sienne tout au cours de sa vie. Elle s'était réconciliée avec son histoire, passée et présente.

Quand je lui demandai ce que cela signifiait pour elle « avoir un imaginaire », elle m'expliqua que, maintenant, elle pouvait s'asseoir dans son salon et écouter de la musique sans ressentir de vide. Elle pouvait s'asseoir à l'intérieur d'elle-même et sentir que cela était bon. Qu'il y avait des images, qu'il y avait de la chaleur. C'était un lieu habitable. J'ai compris qu'elle avait à présent ce que j'appelle, dans mon langage à moi, un pays intérieur. Ce que j'appelle : rentrer chez soi.

Du simple compost

Vous arrive-t-il de vous demander à quoi sert votre travail ? Eh bien ! moi, si. Cela m'arrivait de me poser cette question quand j'étais thérapeute, surtout dans les moments où j'avais l'impression de tourner en rond. À quoi servent ces années que prennent certaines personnes à se raconter, se justifier, s'excuser, se juger, s'expliquer, se pardonner, se répéter, tourner et retourner les mêmes histoires ? Et tous ces efforts que nous faisons pour essayer d'arriver « là où se trouve la vie » ? C'est en lisant Natalie Goldberg, Américaine qui a développé une approche de l'écriture inspirée de sa démarche bouddhiste zen et qui conçoit l'écriture comme une méditation, une voie, que j'ai trouvé une réponse à cette question.

Natalie Goldberg dit : écrivez, écrivez. Continuez à pratiquer, sans juger, sans évaluer. Cela fait des pages et des pages. Et toutes ces pages d'écriture, ce n'est que du « compost ». Du simple compost, à partir duquel peut émerger une œuvre.

Elle écrit : « Nos corps sont comme des tas d'ordures : on amasse de l'expérience, et de la décomposition des coquilles d'œuf, des feuilles d'épinards et des vieux os à moelle de nos esprits, résulte de l'azote, de la chaleur, et une terre extrêmement fertile. Dans cette terre fertile fleurissent nos poèmes et nos histoires. Mais tout ne vient pas en une fois. Il faut du temps[7]. » Et quand elle écoute des stagiaires en atelier lire des textes « où tout n'est pas nécessairement bon », elle sait qu'ils sont en pleine pratique, en train de « ratisser leurs esprits, de reprendre leurs pensées superficielles et de les labourer ». « C'est en continuant de travailler cette matière brute qu'on sera attiré de plus en plus profondément en soi-même, mais pas de façon névrotique. On commencera à connaître son riche jardin intérieur et à pouvoir l'utiliser dans l'écriture[8]. »

Voilà à quoi peuvent servir aussi les années de thérapie : ça sert à faire du compost ! Les expériences ratées, les échecs amoureux ou professionnels, les souvenirs qu'on aimerait mieux oublier, les rêves non réalisés qui reviennent nous hanter, les pertes, les peines, tout ce dont on voudrait se défaire et qu'on vient déposer en ce lieu de paroles, eh bien ! oui, ça enrichit nos terres intérieures comme l'humus à l'automne.

---

7. N. Goldberg, *Les italiques jubilatoires*, trad. de l'américain par Richard Doust, Barret-Le-Bas, Le Souffle d'Or, 2000 (1986), p. 29.
8. *Ibid.*

Natalie Goldberg n'aurait pas réalisé une œuvre sans avoir empilé au préalable des tas de cahiers-compost. Et il avait fallu à Lucie ce temps de « compostage » à travers nos échanges de paroles, à travers le récit de soi, pour qu'elle découvre son imaginaire, cette terre d'accueil au cœur de soi. Il avait fallu beaucoup d'années et de soins apportés à l'arbre pour que fleurisse le pommier élagué dont je parlais plus haut. Il avait fallu peut-être quelque temps de dormance, de jachère, pour que reparte la vie chez l'homme à qui je proposai un banc dans le parc.

Quelques graines de caragana

« Ce n'est pas pour devenir écrivain qu'on écrit, affirme Christian Bobin. C'est pour rejoindre en silence cet amour qui manque à tout amour. » J'écris parce que, comme dans toute vie, il y a aussi des manques dans la mienne. Des glissements de terrain provoqués par les ruptures et les deuils, des inondations venues d'émotions difficiles à endiguer ont jalonné mon parcours. Chaque fois, la parole et l'écriture m'ont servi à rebâtir mon pays intérieur. À donner du sens aux événements. À approfondir qui j'étais. D'où je venais. Et à me remettre sur une route dont je ne connais pas le point d'arrivée, mais dont la découverte, jour après jour, me fascine et me passionne. Les mots que j'avais enfouis dans le terreau de ma mémoire ont fait des racines avec le temps et portent aujourd'hui leurs fruits. Je m'étonne et m'émerveille de la vie qui foisonne.

Dans le poème « La marche à l'amour » de Gaston Miron, un passage attire mon attention :

je me déploie sur ta fraîche chaleur de cigale
je roule en toi
tous les saguenays d'eau noire de ma vie

Ce passage me revient et, encore une fois, les mots font des racines. Les mots d'un autre, une langue bien vivante celle-là, viennent s'entremêler à ma propre mémoire. Je me prends à rêver qu'au bout de ma longue marche sur la route des mots, le long d'un Saguenay d'eau noire qui sourd de plus loin encore que ma mémoire, il y aura cet amour qui manque à tout amour. En attendant, essayant d'apprendre le chant des cigales, je poursuis mon chemin.

SOIGNER SON ÂME
et la beauté du monde

Est créateur sans doute tout être qui aide, selon ses moyens, à laisser le visage de la terre un peu plus agréable à regarder à cause de lui.

GABRIELLE ROY

La chaloupe traçait un chemin d'eau sur la surface à peine ridée du lac, couchant sur son passage les sagittaires, les joncs et les hautes herbes du marécage. L'espace résonnait du cri joyeux de la guiffette. Au milieu du lac, un rocher blanc abritait une colonie de sternes ; sur un rocher voisin, les cormorans ; là-bas, les grands hérons. Ici et là, les petits goélands se chamaillaient pour une prise. Indifférents à leur jeu, les canards sauvages continuaient leur voyage.

Un gigantesque ballet !

Ballet dans l'espace ces vols fous, ces piqués en vrille, ces plongées. Ballet et danse, ces chaloupes bercées par les flots. Ballet aquatique ces milliers de poissons, perchaudes, carpes, anguilles qui se croisent et s'entrecroisent dans les fonds. Ballet des roseaux, ballet des fleurs, ballet des effluves qui se déploient comme des rubans d'odeurs.

Écrire la barque, l'eau et les joncs. Écrire l'oiseau et le poisson. Être tout cela : la barque, l'oiseau et le poisson.

La Beauté du monde inscrite en soi.

Et soudain, venu je ne sais d'où, un affleurement, une montée d'émoi : le ravissement de l'âme !

C'est la faute à l'oiseau… son aile traînante sur les roseaux.

Beauté, ce moment. Comme si un voile se levait. Pressentir quelque chose d'autre derrière le voile. La légèreté. La joie.

À cause d'un instant magique, mystérieux qui soulève le rideau du monde. Celui sous lequel nous dormons.

À cause d'un jour sans vent.

À cause d'une escale sur la grève.

À cause d'un trouble insaisissable.

Alternance de silence et de rires. De contemplation et d'étonnement.

À cause de la fraternité. Compagnons de passage pour un instant partagé.

Ce jour d'été, nous avons bu à la joie.

Écrire la beauté du monde

Nous. Un groupe d'une dizaine de personnes. Des collègues gestaltistes, thérapeutes pour la plupart. L'aventure avait commencé quatre ans plus tôt. Un atelier d'écriture qui devait s'échelonner sur un an, à raison de sept rencontres d'une journée. Il s'agissait au départ de stimuler et d'alimenter la créativité personnelle afin de déboucher, éventuellement, sur l'écriture d'articles pour la revue de notre association professionnelle. Sans perdre de vue cet objectif – deux articles ayant été produits durant la première année –, les rencontres furent bientôt motivées par le seul plaisir d'écrire, entraînées par le jeu de la création et portées par le dynamisme stimulant du groupe.

Pour le thérapeute Joseph Zinker, qui s'est donné le défi de traiter la vie entière « comme si c'était de l'art, de la création », l'une des aptitudes essentielles du thérapeute créateur vient de la richesse du langage qu'il utilise, faite d'analogies et de métaphores. « Cette sorte de sensibilité au langage découle du contact intime que chacun ressent avec la poésie qui hante ses entrailles[1]. »

Raffiner notre sensibilité au langage, aller à la rencontre de cette « poésie qui hante les entrailles » ; se laisser transformer par les mots, voilà l'aventure dans laquelle nous nous étions engagés voilà quatre ans. Au programme annuel, nous ajoutions maintenant un week-end estival d'écriture. « Écrire la beauté du monde », tel était le thème de ce stage qui proposait comme activité du samedi matin une excursion guidée sur le lac Saint-Pierre, suivie d'écriture et de pique-nique sur la grève.

Il me semblait qu'un atelier sur la beauté du monde s'imposait. Comme la plupart de mes contemporains, je suis sensible au sort de la planète. D'abord sensible à la beauté, et consciente de l'urgence de la préserver. Pour moi, cette conscience passe aussi par l'écriture. Qu'est-ce qui nous dérange, nous bouleverse ? Qu'est-ce qui nous fascine ? Sachant que ce qui nous bouleverse et ce qui nous fascine est aussi ce qui nous révèle à nous-mêmes. La Beauté nous est donnée, savons-nous la recevoir ? Et pour commencer, savons-nous VOIR ?

Il ne s'agissait pas, durant ce week-end, de réfléchir sur la beauté du monde, mais de s'y immerger, de s'en imprégner. Et d'écrire. Je conserve une impression forte d'une randonnée d'écriture d'une semaine à laquelle j'ai participé il y a plusieurs années dans la région du Larzac, au sud de la France. Nous marchions pendant une heure ou deux. Puis, assis dans la nature, nous écrivions une heure ou deux. J'ai été étonnée de ce qui émergeait sous la plume. Étonnée de ce que mon corps avait pu emmagasiner en marchant : odeurs, couleurs, rythme du pas, sensations des cailloux sous

1. J. Zinker, *op. cit.*, p. 82.

les pieds. Tout ce que j'avais pu saisir de l'âme des lieux, de son mystère et de ses habitants retombait sur la page au milieu d'une fiction ou d'une prose poétique. Et même les mots de ce pays, la cardabelle et la doline, des mots ronds comme une lavogne, profonds comme un aven, se frayaient, à travers les ronces, un chemin jusqu'à la page. Une écriture totalement enracinée dans le corps.

C'est une telle expérience de plongée, une expérience de rencontre avec le paysage, que je proposais dans ce week-end d'écriture sur la beauté du monde. Marcher, sentir, voir, s'asseoir, écouter le silence, saisir un instant, une trace qui met en route le rêve et l'étonnement, écrire… L'histoire du gardien du phare… Un conte qui met en scène un oiseau de ces lieux… Un texte poétique… « Ici… Ici… Ici… »

Faire une œuvre de sa vie

Traiter la vie entière « comme si c'était de l'art, de la création » peut paraître audacieux quand on sait que la vie va tout croche, du moins pas toujours comme on le voudrait, que s'y insèrent des événements sur lesquels on n'a pas le contrôle, quand pour certains, le seul fait de se lever le matin et d'affronter le jour qui vient constitue déjà un exploit. « Car, ne nous leurrons pas, vous comme moi nous ne valons pas cher et nous n'aurons pas fait de nos vies un chef-d'œuvre, pas même une petite œuvre. Du bricolage, tout au plus[2] », dit un personnage de Sylvie Germain dans son roman *Immensités*.

Ne nous leurrons pas, mais allons-y quand même ! Tentons cette aventure ! Tentons de parler de la vie comme d'une œuvre à réaliser et, pourquoi pas, d'une œuvre… d'art ! J'assumerai donc mon audace (ou ma naïveté). Je le ferai par

2. S. Germain, *Immensités*, Paris, Gallimard, 1993, p. 129-130.

fidélité à une quête qui m'a portée et me porte encore comme une espèce de gouvernail.

Quand j'étais thérapeute, j'ai rencontré des personnes dont toute l'existence consistait à sortir de la misère morale ou matérielle (souvent les deux), qui avait été leur lot, leur héritage depuis la naissance, et elles y mettaient une créativité hors du commun. Avec une attitude souvent proche de celle de l'artiste créateur. Comme ce dernier – qui possède une vision intérieure de son œuvre et qui, de tableau en tableau, cherche à réaliser l'ultime, celui qu'il a poursuivi toute sa vie –, l'individu qui travaille à son propre façonnement porte lui aussi une vision de l'œuvre à réaliser, en l'occurrence lui-même. Il porte une image intérieure de ce qu'il est appelé à devenir, de cet être pleinement né, aujourd'hui en gestation. Il a la vision d'un soi intègre et réparé, il en a l'intuition profonde et il y croit. Et, tel l'artiste qui explore d'abord son matériau et apprend à maîtriser ses outils, l'être en « création de soi » doit aussi développer sa connaissance et sa maîtrise de soi, tout en faisant preuve de souplesse : on ne peut pas tout contrôler. Il faut savoir s'adapter aux aléas de la vie (comme le peintre intègre une tache apparue au hasard sur sa toile). Et persévérer, s'acharner, remettre « vingt fois sur le métier son ouvrage ». Résister.

Comme chez l'artiste encore, cela vient d'une nécessité intérieure à laquelle on ne peut échapper. Une blessure, un manque, une faille constituent souvent la porte d'entrée d'un travail sur soi, d'une quête existentielle. Cela devient le matériau de base à partir duquel on façonnera sa vie, et parfois même une œuvre artistique. C'est ce que Rilke essaie de transmettre au futur créateur, au créateur en formation, dans ses *Lettres à un jeune poète*. Il lui enseigne que la meilleure façon de travailler son œuvre, c'est de se travailler, lui, sans craindre ou éviter ce qui est difficile, « car l'amour est difficile », car la vie est difficile. Il s'agit de vivre tout ce qui se présente, d'aimer tout, y compris sa solitude et sa tristesse, d'accepter l'existence « aussi complètement qu'il est possible ». Ne pas dépendre de la critique, éviter la comparaison, entrer en soi-même, porter de l'attention aux événements de sa vie intérieure ainsi qu'aux plus petites choses du monde, laisser les impressions mûrir en soi, cultiver la patience, voilà des attitudes que Rilke suggère et qui rejoignent autant la personne engagée dans un travail intérieur que l'artiste. « Au fond, dit-il, le seul courage qui nous est demandé est de faire face à l'étrange, au merveilleux, à l'inexplicable que nous rencontrons[3]. »

De la blessure à la création

Apprendre à 18 ans que je n'aurais pas d'enfant m'a propulsée dans une quête d'identité, dans la nécessité de créer. Qu'allais-je donc faire de ma vie ? Comment mettre au monde une œuvre qui viendrait de moi ? Pendant quelques années, je me suis adonnée au modelage d'argile – ce que j'appelais alors mon « bricolage du dimanche » –, dont j'ai tiré *Les Pleurantes*.

Plus tard, en écrivant *Pays d'épaule et de mousse*[4], j'étais portée par ce vers d'Anne Hébert : « S'accomplisse la farouche ressemblance du cœur / Avec sa terre originelle[5]. » Je comprenais par là que le paysage dans lequel on a baigné contribue à façonner le cœur ; qu'au bout du chemin, le cœur finit par ressembler à sa terre originelle ; que le sens du voyage était peut-être cela, cet accomplissement-là. J'ai

3. Rainer-Maria Rilke, *Lettres à un jeune poète*, traduit de l'allemand par Bernard Grasset et Rainer Biemel, Paris, Grasset, 1982 (1929), p. 92-93.

4. *Op. cit.*

5. A. Hébert, *Œuvre poétique 1950-1990*, Montréal, Boréal Compact, 1993, p. 101.

vécu l'écriture de ce recueil de poésie comme un dialogue avec la forêt et les eaux, avec la puissance des paysages saguenayens, avec la terre de mes pères et la langue de la nature, ma langue maternelle. Je redécouvrais une sorte de « vibration amoureuse » que j'essayais d'exprimer par les mots, en « bricolant » des poèmes.

Et pendant que je travaillais sur ce recueil de poésie et sur la mémoire de mes origines, ma mère était en train de perdre la sienne, sa mémoire, de perdre aussi sa langue, et ne désirait que ce retour à la terre originelle, répétant constamment : « Je veux rentrer chez moi. » De la nuit de la mémoire où elle avançait, de la douleur dans laquelle cela me plongeait, de mon impuissance et mon chagrin, il me fallait, encore une fois, faire un livre. Il me fallait recueillir son cri. Pendant cinq ans, j'ai rempli des cahiers et des cahiers d'écriture. Je les ai rassemblés dans *Je veux rentrer chez moi*[6].

C'est au début de cette aventure que j'ai laissé mon travail de thérapeute pour écrire à plein temps tout en prenant soin de ma mère. Je renonçais à mon identité professionnelle et à une sécurité financière pour consigner mes sentiments et mes pensées dans des carnets. Est-ce que je n'étais pas en train de perdre mon temps ? De « bricoler » encore ? Est-ce que cela ne m'éloignait pas d'un but que je m'étais fixé : devenir écrivaine ? Je me posais ces questions quand je me suis inscrite à un séminaire du philosophe Jean Bédard sur le thème de « la vie comme "œuvre d'art" ». Inspiré par la pensée de Jan Patočka, Bédard soutient que l'art est « l'amour pratique du vrai, du bon et du beau[7] » ; que le fardeau du créateur consiste à « prendre la responsabilité de

---

6. Montréal, Fides, 2005.

7. J. Bédard et J.-F. Malherbe, *Telle une « œuvre d'art », la vie…*, Sherbrooke, Les éditions GGC, 2003, p. 3.

rompre avec ce qui s'impose pour faire advenir ce qui n'est pas[8]. » J'ai entendu aussi à ce séminaire que tout le quotidien, quand il s'inscrit dans cette quête du Beau, du Bien, du Vrai et de l'Un peut être œuvre d'art. Que « faire œuvre d'artiste, c'est insuffler de la vérité, de l'âme et du bonheur à la vie de tous les jours[9]... »

Je ne m'étais donc pas égarée. En accompagnant ma mère et en écrivant cette histoire, en voulant « insuffler de la vérité, de l'âme et du bonheur » dans ce quotidien douloureux, j'étais encore sur mon chemin ! Non pas un grand boulevard, ni une autoroute achalandée. Plutôt un sentier dans la forêt, que je devais défricher moi-même.

Un petit monastère[10]

J'ai parfois l'impression, devant un événement de ma vie, qu'une main invisible me tend une plume et me dit : « Tiens, écris ! Va plus loin que l'anecdote. Va à la source, descends dans tes profondeurs. » Alors je m'assois à ma table et j'écris.

Avant d'être un pont vers les autres, l'écriture m'a d'abord servi de pont avec moi-même. Quand je me suis mise à écrire, j'ai dû réapprendre le langage. Pour que ma voix puisse se frayer un chemin à travers les broussailles, pour arriver à entendre mes premiers balbutiements, il a fallu faire un travail de *dépouillement*. Dépoussiérer les mots, me dégager des idées reçues, des théories encombrantes, ne gardant des influences que ce qui nourrit le cœur et l'agrandit. Là est ma vérité. J'avais oublié que l'intelligence prend

---

8. *Ibid.*, p. 12.

9. Josée Fabien, in *Telle une « œuvre d'art »... la vie*, *op. cit.*, p. 61.

10. J'ai déjà publié ce passage dans un texte intitulé « Bercer la nuit », in *Cahiers de spiritualité ignatienne*, n° 106, « Spiritualité au féminin ? », Sainte-Foy, avril-juin 2003.

ses racines dans le cœur, qu'il y a un savoir qui traverse la chair et le temps, un savoir sur la vie inscrit au creux de nos cellules. J'ai dû réapprendre ce langage. Long chemin pour rentrer chez soi où la poésie me fut d'un grand secours. J'entends ici la poésie comme façon de regarder la vie. Manière de sentir le monde. Ouverture à la beauté.

L'écriture est une « petite voie » qui me ramène à l'essentiel. Elle est également don. Exercice de *détachement*. Donnez, donnez, dit l'écrivaine Annie Dillard à propos de l'écriture. Ne gardez pas ce qui semble bon pour un autre texte, un autre livre, plus tard. Autre chose émergera. « Tout ce que tu ne donnes pas librement et en abondance devient perdu pour toi[11] », écrit-elle. Mais on ne donne pas n'importe quoi, n'importe comment. Discipline et ascèse font partie du chemin. Écrire puis attendre. Laisser reposer le texte. Puis le reprendre. Élaguer. Épurer. Rendre aux mots leur vérité. Leur beauté. Dans le *fast food* langagier, les mots ont trop souvent une saveur de fruits trafiqués. J'attends de l'écriture, la mienne ou celle des autres, qu'elle transporte un souffle, me fasse toucher la vie profonde. Poème ou réflexion, voix de personnages fictifs, une parole habitée crée chez celui qui la reçoit un surplus d'être, rejoint l'autre dans un lieu de sa mémoire, jusque dans ses fibres.

L'écriture est mon petit monastère. Le lieu où je m'habite. Ma page de désert à traverser pour rencontrer le meilleur de moi. Mais à l'ombre du meilleur sommeille le moins bon, le moins beau, et cela aussi il faut l'accueillir. Comme dans toute activité créatrice, l'écriture comporte une part d'avancée dans le noir. Ici encore, s'asseoir devant l'inconnu. Écrire non pas ce que l'on sait, mais ce qu'on ne sait pas encore. Ce que l'on sait d'obscure mémoire, mais que l'on

---

11. A. Dillard, *op. cit.*, p. 103.

avait oublié. Saisir l'image qui a fleuri durant la nuit. Le rêve déposé sur la grève quand la marée s'est retirée.

Bercer la nuit

J'écris dans l'autocar. Et parfois je dors. Je dors et j'écris. Je lis aussi et quand le livre tombe de mes mains, je regarde le paysage qui borde cette longue autoroute 20 entre Québec et Montréal. C'est le trajet que j'effectue chaque deux ou trois semaines pour aller animer des ateliers. Je lis. Je rêve. Je pense à Rilke : « Essayez de dire, comme si vous étiez le premier homme, ce que vous voyez, ce que vous vivez, aimez, perdez. [...] Dites vos tristesses et vos désirs, les pensées qui vous viennent, votre foi en une beauté. Dites tout cela avec une sincérité intime, tranquille et humble. Utilisez pour vous exprimer les choses qui vous entourent, les images de vos songes, les objets de vos souvenirs[12]. »

Le paysage déroule ses kilomètres. J'écris ce que je vois. Silos pareils à des clochers d'église. Roulottes bleu-blanc-rouge et cabanons à saute-moutons. Du haut de ma banquette, les voitures me semblent de fragiles ossatures sur une voie lactée d'asphalte. Et le ciel ? Comment décrire le ciel, « comme si vous étiez le premier homme » ? Le ciel changeant, mouvant, mais toujours là ? Le ciel qui remplit ma fenêtre quand elle n'est pas souillée par des éclaboussures de « sloche » ou de boue. Tissu léger certains jours. Velours épais par temps sombre. Je voudrais faire pleuvoir les mots, dérouler les phrases pour en faire de grands cerfs-volants. Et tandis que je chiffonne un peu de ciel sur ma page, panneaux publicitaires et pylônes électriques défient le mont Saint-Bruno. Au-dessus de Montréal, un grand cygne blanc de béton étire son cou olympique...

---

12. R.-M. Rilke, *op. cit.*, p. 19.

Pendant deux jours, je « baluchonne » mes ateliers. Cela se passe en même temps que j'accompagne ma mère dans sa nuit de la mémoire. Ces deux jours d'escale sont pour moi de douces fugues, des évasions programmées hors de mon petit monastère, hors de mon quotidien. J'y rencontre d'autres visages, et surtout j'y écris autre chose. J'oublie les carnets d'accompagnement. Et parfois j'y reviens. Et cela fait du bien. Un peu d'air frais, un peu d'air neuf. Les autres.

Au retour, je suis fatiguée. Dans l'autocar de nuit, je m'endors. Ou plutôt je somnole, bercée par le roulis. Les lumières lointaines des villages et des villes s'estompent pour laisser place à la rêverie, au demi-sommeil. Je voyage dans cet espace mitoyen, cet espace frontière où se déplie le rêve, dans ces eaux où l'inconscient affleure. Je somnole tandis qu'en moi, l'écriture continue à dérouler son ruban de mots. Il y a eu toutes ces années d'écriture, ces heures de voyageries sur la page et dans les livres, et pendant tout ce temps quelque chose était en route, loin de ma conscience, encore obscur, imprécis. Je berce la mémoire de ma mère dans sa nuit et là, l'autobus de nuit me berce. Les idées cherchent leur place. Ces graines semées par des Rilke, Bachelard, Hillman et tous les autres germent dans le noir. Je commence à entrevoir ce qui deviendra plus tard mon *credo*. À savoir que l'inconscient est poétique ; qu'il faut de l'imagination pour être heureux ; que guérir, « se réparer », c'est retrouver le flux de la vie ; que changer, c'est aussi échanger, retrouver le jeu, la liberté et la gratuité. Et c'est en « baluchonnant » mes ateliers que toutes ces idées se sont mises en place. C'est le propre des graines de cheminer dans le noir.

S'approcher des petites choses

Je marchais dans un sentier boisé. Les feuilles crissaient sous mes pas. Ce n'était pas de ces belles feuilles colorées qui nous séduisent à l'automne. Non. Nous étions au début de novembre, une journée pâlotte comme il en est en ce temps de l'année, lorsque les feuilles sont tombées et que les branches tendent leurs bras maigrichons. Quelques retardataires pendouillaient lamentablement, telles des guenilles usées sur une corde à linge. Retardataires ? Ou hésitantes à lâcher prise, espérant profiter d'un sursis de vie ?

Moment de réflexion, de méditation avant de commencer une journée d'écriture. On était samedi matin, j'animais un stage depuis la veille et pour deux jours encore, au cœur de la campagne. Réveillée tôt le matin, j'avais eu l'envie de ramasser quelques feuilles rabougries pour proposer une activité de réchauffement, dix minutes d'écriture sans lever le crayon. Je trouvai une vingtaine de spécimens différant par la taille, la forme, l'état ou non de décomposition et je les étalai sur une table où tombait ce velouteux soleil de novembre.

« Prenez une feuille, mais pas n'importe laquelle, choisissez-la, une feuille qui vous attire plus que les autres, une qui vous étonne, vous interpelle… Et écrivez… Commencez seulement par la décrire… et continuez. Vous avez dix minutes… »

J'ai vu des visages consternés. Des yeux interrogateurs. Des regards perplexes qui semblaient dire : « Quoi ? Écrire là-dessus ? Qu'y a-t-il à dire sur une feuille d'automne ? » Je n'ai rien ajouté. Et chacun se mit à l'ouvrage.

La mienne était jaunasse et sur le point de se décomposer. Un tissu « éventé », aurait dit ma mère, oui éventé, comme si le vent l'avait secoué de part en part, usé jusqu'à la fibre. Mais ce qui me fascinait le plus en elle, c'était les lignes parallèles qui la traversaient. Elle n'était pas trouée, mais marquée, « gravée avec des lignes nettes », telles des cicatrices, comme si la nature avait voulu y inscrire son caractère… Sous son air anémié, fragilisé, subsistait une certaine résistance. En détachant une parcelle, un crissement sec se fit entendre. Un bruit de croustille sous la dent. Un goût de tisane amère…

À tour de rôle, chacun présenta son spécimen.

— J'ai choisi une feuille à la forme encore intacte, avança une personne, oui, intacte, c'est bien important…

— Moi, j'ai pris celle-ci parce qu'elle était plus grande que les autres et que des brins d'herbe l'enlacent…

— Voici une feuille de chêne, habitée de sable et de granules, qui se souvient de l'été…

— La mienne, toute recroquevillée, invite à la caresse, au bercement. Elle a les bras ouverts aux enfants du monde…

— Cette feuille d'érable me paraît si fragile que j'ai peur de la briser en la manipulant. Je l'ai choisie parce qu'elle était toute plissée, pas très jolie non plus. C'est une feuille arthritique… Cela me rend triste. Je voudrais que la vie soit éternelle, que tout dure. Durer, s'inscrire dans l'éternité…

— Moi, j'ai voulu la plus belle, la plus brillante. Elle est d'un beau brun cuivrée, résistante. Une vraie Tanguy !

— J'aime cette feuille parce qu'elle me fait penser à une main qui vit son déclin, une main qui a tout donné, tout reçu aussi, blessures et petits picots de plaisirs. Elle garde en ses nervures les odeurs et les souvenirs des saisons, des parfums des sous-bois, des parfums de sentiers… C'est une feuille-main qui craque dans ses couleurs rouillées, avant d'aller rejoindre les autres…

— Cette feuille d'automne s'est enroulée portant, près de sa nervure centrale, encore une trace d'eau. Elle a le cœur mouillé. Contrairement à bien d'autres tombées du même érable, elle ne s'est pas enroulée sur elle-même. Elle s'est retournée vers l'extérieur. Elle est restée droite sur sa tige et ses pointes frisent joyeusement dans toutes les directions. Au creux d'un repli, se cache une déchirure, un accroc qui, s'emmêlant aux autres pointes, s'efface dans la gaieté des lignes. Une feuille danse l'automne et, même morte, garde son mouvement…

J'écoute chaque personne me raconter la façon dont elle est entrée en lien avec ce détritus d'automne et je me sens loin des compositions de mon enfance où l'on nous demandait d'écrire *sur* l'automne… Je me sens loin de ces « tapis de feuilles » que foulaient, d'un texte à l'autre, tous les auteurs en herbe, ces « belles feuilles multicolores qui virevoltaient » dans le vent. Car ce n'est pas *sur* l'automne qu'il faut écrire, il s'agit d'entrer *dans* l'automne. De développer son propre lien avec les choses et avec le monde. Et pour cela, apprendre d'abord à VOIR, à SENTIR, et puis dire, « comme si vous étiez le premier homme », comme si c'était la première fois.

« À quoi une feuille d'érable tombée de son arbre peut bien servir une fois sa vie finie, demande une participante ? À rien, dit-elle. À rien du tout. Est-ce qu'écrire sur une feuille la fait durer ? »

Parmi ses conseils au jeune poète, Rilke dit encore : « Si vous vous accrochez à la nature, à ce qu'il y a de simple en elle, de petit, à quoi presque personne ne prend garde, qui, tout à coup, devient l'infiniment grand, l'incommensurable, si vous étendez votre amour à tout ce qui est, si très humblement vous cherchez à gagner en serviteur la confiance de ce qui vous semble misérable – alors tout vous deviendra plus facile, vous semblera plus harmonieux et, pour ainsi dire, plus conciliant[13]. »

À quoi sert d'écrire sur une feuille d'automne ? À agrandir sa vision du monde. À l'élargir, à étendre son regard à ce qu'il y a de plus simple, de plus petit. À approfondir sa relation avec soi-même et avec l'univers dans lequel on baigne. À s'approcher de son propre mystère.

---

13. R.-M. Rilke, *op. cit.*, p. 42.

Ça sert à quoi ? À affiner son langage, à réveiller « la poésie qui hante ses entrailles » (Zinker). À découvrir, peut-être, le petit rien fertile qui soutient la vie…

Ce qui soutient la vie

Berlin fumait encore un mois après l'éclatement des bombes. « Des relents de soufre et de phosphore » s'échappaient des décombres et des ruines. Un père demande à sa fille adolescente de retourner sur les lieux de leur maison pour y laisser une inscription au cas où des amis chercheraient à les rejoindre. En reconnaissant les restes de ce qui fut sa demeure, une « petite chose » attire l'attention de la jeune fille tout au fond du cratère, et l'étonne, « une petite chose qui allait bientôt fleurir ». Là, à travers les décombres, une minuscule pomme de terre en train de germer « relève la tête et fait un pied de nez à l'adversité ». Et cette « invincible porteuse d'espoir », accompagnera celle qui allait plus tard émigrer au Québec et fonder les Grands Ballets Canadiens : Ludmilla Chiriaeff. Cette fleur de patate sera dorénavant son « passeport » pour traverser la vie et vaincre les obstacles.

Dans le récit autobiographique où elle raconte cette histoire[14], madame Chiriaeff écrit que, devant cette scène inusitée, est montée une prière sur ses lèvres, et un mot : « Merci ! » Merci à la Vie de lui montrer que tout est encore possible, qu'une simple pousse peut se frayer un chemin à travers les poussières et la mort. « Je venais donc de découvrir l'éternité de la vie dans cette plante fragile. » Cette gratitude et ce regard tourné vers ce qu'il y a de plus humble, capable de déceler la beauté à travers la laideur, de

14. Ludmilla Chiriaeff, « Merci », in *Comme un cri du cœur. Témoignages*, nº 2, Montréal, Éditions L'Essentiel, 1995.

transformer le mal en bien, c'est de son père que Ludmilla l'a appris.

Pour VOIR, il faut parfois changer de lentille.

Pas inspirants, les lieux ?

On n'a pas toujours des balades estivales et des journées magiques au bord d'un lac enchanteur pour écrire. Pas toujours des escales d'automne et des sentiers tapissés de feuilles mortes. On n'a pas toujours la Beauté sous les yeux pour s'y immerger et écrire. Et même dans ce cas, rien n'est dit qu'il en sortira des textes fabuleux. L'environnement idéal, la nécessité d'un espace « inspirant » pour écrire est un mythe. L'écrivaine Annie Dillard, qui jubile devant la nature[15], préfère parfois écrire face à un mur. Dans *En vivant, en écrivant*, elle raconte tantôt ses cabanes déglinguées, tantôt ce coin qui lui fut alloué au-dessus d'une bibliothèque et dont elle avait bouché l'unique fenêtre, donnant sur l'arrière-cour…

J'ai déjà animé un atelier de deux jours dans un local sans fenêtre, dans un édifice de béton, en pleine ville, tandis qu'à l'extérieur le soleil printanier se faisait arrogant et provocateur. J'en ai animé dans des locaux universitaires et dans des classes où des petits pupitres rappelaient ceux de l'école primaire. Dans une salle communautaire où serpentaient des tuyaux de plomberie au-dessus de nos têtes. La réaction spontanée des participants qui entrent pour la première fois dans ces aires d'atelier est souvent la suivante : « Ouf ! Ça ne sera pas très inspirant ! »

Pas inspirants, les lieux ?

---

15. *Pèlerinage à Tinker Creek*, trad. de l'anglais par Pierre Gault, Paris, Christian Bourgois éditeur, 1990 (1974).

« Trouvez une caractéristique de cette salle qui accroche votre regard, quelque chose qui vous frappe ou vous étonne, et écrivez… » Il peut s'agir d'une craquelure au plafond, d'un trou dans le mur, d'une peinture qui s'écaille… Ce local sans fenêtre où couraient des tuyaux a vu naître l'itinéraire fantaisiste d'une souris au cœur d'un labyrinthe. Une fissure peut ouvrir le passage vers la science-fiction. Tandis qu'un sous-sol près d'une chaufferie vient rappeler une maison d'enfance où grondait la « fournaise ». Dans un couvent, j'ai vu des saints sortir de leur gravure pour nous dilater la rate.

L'imaginaire est en soi. Tout peut être chemin vers ce là-bas du poète (« songe, ma sœur, à la douceur d'aller vivre là-bas… »). Tout peut servir de prétexte pour en franchir le seuil. Et nous amener, parfois, vers l'immensité.

C'est ce qui est arrivé à Prokop Poupa, ancien professeur d'université tchèque et personnage d'un roman de Sylvie Germain, qui s'est vu réduit à l'état de « paria ». Son cabinet de toilette devient alors le lieu privilégié d'une « rêveuse contemplation ». Il y a, au plafond, une tache d'humidité qui se transforme au fil des jours telle une « sculpture vivante », un « nénuphar de plâtre », un « lotus de latrines »… Ce qui n'inquiète pas pour autant l'observateur attentif à ce déploiement. « Il est si rare que l'on trouve le temps d'observer la vie des choses. Car les choses et toute matière ont une vie propre, aussi lente et discrète soit-elle[16]. »

Et grâce à ce roman où la plus humble chose peut conduire au mystère, où la plus petite graine semée peut germer, pour autant qu'on soit attentif aux rencontres, aux gens, aux mots, aux visages que l'on croise, Sylvie Germain nous conduit vers l'immensité et nous indique un chemin vers l'étonnement.

---

16. S. Germain, *Immensités*, *op. cit.*, p. 23.

Moi aussi j'ai peur. J'ai peur des loups. J'ai peur de la critique assassine et des regards qui tuent.

Écrire, c'est résister. À ce qui tue. À ce qui interdit la vie. Aux empêcheurs de tourner en rond. Si on me surprend en plein acte de résistance, est-ce que je ne risque pas ma peau ? Mais si j'arrête, je meurs aussi.

Les loups ne s'apprivoisent pas. Tu n'amadoueras jamais les loups. Tu dois marcher debout et traverser la horde. Apprivoiser, c'est se faire ami. Pas d'amitié possible avec la critique, le jugement et le dénigrement ! Casse tout cela ! « Tu crées ou tu crèves ! » Ne cache pas ta vie. N'étouffe pas la voix qui dit « c'est moi, j'existe » : tu donnes raison aux loups. Tu parles d'âme, tu parles du cœur : c'est beau, montre-le. Le monde a besoin d'une pulsation qui n'est pas seulement celle du temps qui passe et qui nous dit : « Tes minutes sont comptées », mais aussi de pulsation d'amour et de beauté. Sans cela le monde se meurt, le monde mourra.

Il n'y a pas que des loups. Il y a aussi le Nous, la force du Nous. La force des autres qui donne des ailes et qui dit : « Nous sommes ensemble, un petit clan de résistants. »

Écrire me fait parfois l'effet d'un choc, d'un courant électrique, d'une onde cérébrale. Un électrochoc au cerveau qui tient les neurones allumés. Qui me ramène à la réalité. La réalité de cette autre vie. La vie éveillée, la vie vivante avec ses zones de douceur et ses lourdeurs difficiles à traîner. La vie tout court. La vie qui court sur la page, le cerveau en marche et la pompe au cœur. Ces fois-là, j'oublie les loups et la peur. Je ne suis que dans cet éveil, dans l'émerveillement de cet éveil. Comme lorsqu'on ouvre les yeux et qu'on voit le monde pour la première fois.

J'écris pour répondre à un appel. Pour retrouver des terres oubliées. Un ailleurs inconnu où veulent aller les mots. Si ce n'était que cela, écrire ? Recréer cette terre, celle que l'on chérit par-dedans ? Ce pays qui est en soi. Et si toutes nos terres intérieures accolées les unes aux autres faisaient un jour un très vaste territoire ? La Terre avec un grand T où il ferait bon vivre et aimer. Avec les loups. Même avec les loups. Sur le chemin de cette terre, de cet ailleurs, il arrive parfois que l'on s'égare. C'est pour retrouver ce chemin que j'écris. Que je crie. Je veux rentrer chez moi !

Oiseaux de février

J'ai eu envie d'un atelier en hiver. J'avais envie d'écrire ces grandes étendues blanches et poudreuses qui me mettent en état de rêverie. Celles qui font chanter Vigneault et Léveillée et tous les autres, chanter ce pays qui n'en est pas un, mais qui n'est qu'hiver et froidure, ce pays long à se perdre, et froid et dur. Un atelier en février. Quand l'hiver tarde à passer parce qu'on le passe à la fenêtre et que nos vitres sont des « jardins de givre… » À quoi ressemble le vôtre, votre jardin de givre ? Écrivez, « oiseaux de février… » J'avais envie d'entendre les oiseaux de février chanter la douleur et la beauté du monde.

J'avais envie d'écrire la blancheur du pays étalé sur des tableaux d'artistes. M'imprégner de ces personnages au visage impassible tournant le dos à l'immensité. De ceux qui défient les glaces sur le fleuve. De ceux, infimes points sur la toile, qui semblent en route vers une destination inconnue. En fuite ou en quête ? J'avais envie de proposer des thèmes d'écriture sur ces tableaux et sur d'autres où des enfants patinent dans des villages aux maisons couleurs de bonbons. Et même de Chagall, oui pourquoi pas, j'avais envie aussi des hivers de Chagall. De ses personnages à l'air hagard, illuminé ; de celui-là qui semble chercher un cheval rouge mystérieusement disparu au-dessus d'une cabane en bois rond – semblable à celles de nos bûcherons –, tandis qu'une grande poule verte suspendue dans les airs couve une femme volante. Choisissez un tableau. Écrivez ! Imaginez le discours intérieur d'un de ces personnages, son drame, son histoire…

J'avais envie qu'on relise ensemble des extraits de nos grands classiques. Je voulais encore une fois sentir le cœur déchiré de Maria Chapdelaine, son cœur qui résiste à l'attrait d'un ailleurs meilleur pour choisir de rester. Je voulais réentendre les voix qui lui rappellent « les cent douceurs méconnues du pays ». Voir surgir des noms de lieux, de villes et de villages qui se réveillent dans sa mémoire, des noms doux à entendre et qui lui rappellent qu'on est chez nous, ici ! Frissonner encore en écoutant ces voix qui lui disent : « Nous sommes venus et nous sommes restés… Persister, nous maintenir, voilà notre devoir ! » J'avais envie de retrouver le déchirement de Pierre dans *La montagne secrète* de Gabrielle Roy, de sentir son épuisement et son désir de céder au sommeil, couché dans le froid. Ah ! Comme il serait bon de ne plus être torturé par le besoin incessant de créer ! Je voulais entendre encore cette voix intérieure qui le somme de continuer. Tous ces tableaux que tu n'as pas encore faits, et « cette œuvre qui est en toi, est-ce que tu l'abandonnes aussi ? » J'avais envie de retrouver la passion d'Anne Hébert dans *Kamouraska*. D'entendre claquer le fouet fou de l'amant qui traverse les villages en bordure du fleuve alors que la tempête fait rage. De sentir la force, la violence et la détermination de l'amour.

J'avais envie de tout cela. Et qu'on écrive trente ans, cent ans après ces romans, nos propres images de l'hiver. Ce qui nous met en rêverie, ce qui nous donne le courage de nous lever le matin et de continuer. Raconter une Maria d'aujourd'hui. Elle n'est plus dans sa maison au fond du rang et François Paradis ne s'égare plus à pied dans les bois, il se balade en motoneige. Elle vient peut-être d'Italie, cette Maria qui a pris racine au Québec, amoureuse d'un François Paradis parti en excursion sur son engin. Ah ! Comme il tarde à rentrer ! Et que l'hiver est dur à passer ! Déchirée elle aussi, cette Maria-là, entre un ailleurs meilleur et ce pays qu'elle a choisi. Persister, nous maintenir ! C'est chez nous, ici !

J'avais envie, pendant trois jours, de cette immersion dans la rêverie de l'hiver et du froid, pendant qu'il nous en reste encore, des hivers et du froid. De capter en moi, en nous, la beauté de ce climat qui nous a forgés, de toucher cette « fragile ressemblance du cœur avec sa terre originelle ». De retrouver sur la page mes igloos d'enfance et le goût des glaçons sur la langue.

Qu'arriverait-il si nous perdions le Nord ? En supposant que les pôles se réchauffent. En supposant que nous, Québécois, que nous de la planète, n'ayons plus de Nord. En supposant n'importe quoi, une catastrophe écologique, sociologique, psychologique, qu'arriverait-il ? Écrivez !

La voix des anges

Je serais dans une immense étendue blanche, sans repère à l'horizon, et j'aurais perdu le Nord. Une poudrerie balaierait la plaine. Je serais en route depuis longtemps déjà. Depuis des jours et des jours je me serais dirigée vers là-bas, vers ce Nord, vers plus loin que le Nord, vers cet au-delà des blizzards et des tempêtes. Je n'aurais pas vu passer le temps. Peut-être même y aurais-je été poussée depuis ma naissance. Je serais née de cette mer blanche et enveloppante. Et en route depuis.

J'aurais perdu le Nord et, en même temps, la mémoire de mes origines, le sens de l'orientation terrestre, le souvenir de qui je fus. J'entrerais – je l'espère, enfin je ne sais pas, c'est ainsi que je le voudrais – j'entrerais dans cet océan de blanc avec la sérénité et la paix qui conviennent. En laissant quelques larmes givrées derrière moi, fragiles cristaux translucides, comme ceux qu'on suspend aux fenêtres pour capter la lumière. Je sèmerais ces cristaux sur mes pas, cailloux du Petit Poucet pour indiquer, à d'autres ou à moi-même, le chemin du là-bas.

Et si la neige effaçait les traces des cristaux, qu'il n'y ait plus que du blanc infini, alors du plus lointain de moi, je ne sais d'où, d'un ailleurs inconnu, monterait la voix des anges. Cette voix que j'ai cherchée tout au long de ma vie à travers la musique des mots, et dont j'ai entendu quelques notes dans les livres les plus beaux, ceux qui transportent des chants de douleur et des chants de consolation. Elle serait, cette voix, hymne à l'Amour et à la Beauté, hymne à la Joie.

Et je saurais, en entendant cette voix, que mon chemin était le bon. Qu'au beau milieu de mon désert glacial, chaque fois que je me croyais perdue, égarée sur la page, j'étais encore sur la route, que cette « petite voie » de l'écriture était la mienne.

LA « PETITE VOIE » DE L'ÉCRITURE

> *Car les chemins ont une vie, ils ont une histoire et un destin, comme les hommes. Et, comme les hommes, ils meurent un jour.*
> *[…] Et ils ont un cœur, un cœur qui bat, tout résonnant des pas des marcheurs qui les foulent. La mort leur advient lorsque tous les désertent, que nul ne se soucie plus d'eux ; leur cœur se tait quand se taisent les pas.*
>
> SYLVIE GERMAIN

Il y a des mots que l'on chérit, des mots auxquels on revient et qu'on utilise plus souvent que les autres. Il en est ainsi du mot « voie ». Si proche musicalement de voix. Mais ce n'est pas seulement pour cette complicité sonore que je l'aime. Je l'aime parce qu'il est monosyllabique, seul et petit, pas plus haut que quatre pommes – quatre lettres –, Poucet capable d'aller loin sur son bonhomme de chemin. J'aime son origine latine, *via*, « route pour les chars », d'où *viaticum*, qui désignait « les ressources » nécessaires au voyage. Au Moyen Âge, la voie, *via*, précurseur du mot « voyage », contient l'idée d'un cheminement, d'un « passage », du « pèlerinage ». Au XVIIe siècle apparaissent la voie d'eau et la voie lactée…[1]

1. Jacqueline Picoche, *Dictionnaire étymologique du français*, Paris, Robert, 1992.

Chez les Chinois, la Voie, c'est le Tao. « Son idéogramme se compose de deux éléments : *tête* ou chef et *pied* ou progrès. » Ce qui lui confère l'idée d'un « mouvement intelligent sur un chemin, ou encore mouvement non dicté par la raison mais par une faculté qui la transcende[2] ».

Là où j'en perds mon latin et mon modeste chinois, c'est quand j'essaie de démêler toutes les voies qui existent, de dessiner une cartographie des multiples chemins que l'être peut emprunter vers son humanité, de ces voies qu'on dit « de la sagesse ». Je consulte des ouvrages de traditions diverses et, de l'un à l'autre, des idées semblables reviennent, sous des vocables parfois différents : action, attention, ferveur, contemplation, connaissance, intuition, méditation, juste milieu, dépouillement, détachement, discipline et ascèse, lâcher prise et abandon, souffrance, pardon, amour et compassion… Si on tentait d'y voir un peu plus clair ?

La Voie, les voies

La voie de l'action dit : engage-toi, dévoue-toi, mais fais-le avec le geste juste, la juste action. Car même si tu n'agis pas, tu es en train de faire quelque chose, alors fais-le bien. En évoquant un tel chemin, je pense à mère Teresa, à l'abbé Pierre, aux travailleurs de Médecins sans frontières, à ces gens qui se consacrent à des causes nobles et à tous ces bénévoles de la souffrance humaine. C'est souvent sans éclat, à l'ombre des médias que s'accomplit la plus grande part de ce travail. La voie de l'action, c'est aussi celle du yoga avec sa discipline quotidienne et sa pratique des *asanas*, la posture juste. C'est l'art du geste juste, comme la cérémonie du thé au Japon.

---

2. Robert Boudreault, *Le petit Yang. Dictionnaire synthèse de Taiji Quan pour débutants*, Saint-Nicolas, Les Ateliers de Tai Ji, 1997. C'est l'auteur qui souligne.

Il y a la voie de la prière et de la contemplation. J'imagine ici la vie des ermites, des religieux et des cloîtrés. Celle des mystiques et des saints. Thérèse de l'Enfant-Jésus avait appelé son chemin « la petite voie de l'amour ». Je l'aimais beaucoup, cette Thérèse-là, dans mon enfance. Elle disait que Jésus ne perd pas son temps à comptabiliser les fautes : l'essentiel, c'est l'amour ! Une phrase bien rassurante et qui faisait perdre du poids à l'index menaçant du prêtre à l'église.

La voie de la connaissance exige un approfondissement de la conscience. Le travail intérieur, la méditation, la recherche de vérité. L'étude des livres sacrés. Mais surtout le développement de l'attention, l'intuition, l'observation de soi et de la vie. Car il ne s'agit pas ici de savoir rationnel – pas uniquement du moins –, mais d'une connaissance intuitive qui passe bien souvent par la souffrance, d'une lumière qui jaillit de la nuit. « J'entrai, mais point ne sus où j'entrais, / Et je restai sans savoir, / Transcendant toute science[3]. »

On ne peut ouvrir un livre de sagesse sans y rencontrer la voie du détachement. Ah ! Où va-t-elle, celle-là, et surtout par où passe-t-elle cette voie si dure à suivre ? On devrait inscrire un panneau à l'entrée, ainsi que je l'ai vu sur une petite route du sud de la France : « Chemin submergé par fortes pluies ». Oui, submergée, cette voie, par tout ce qui nous encombre et dont on ne se détache pas si facilement : ses biens, son miroir, son apparence physique, son image sociale, son passé, l'alcool ou la cigarette, son compte en banque, ses dettes, son emploi du temps... Encore plus submergée, cette voie, dans les moments de turbulence et d'orage, quand la vie nous arrache ce que l'on n'a pas choisi de perdre : sa santé ou un être cher... Quand on doit apprendre à partir, à

3. Saint Jean de la Croix, *Les poèmes mystiques de saint Jean de la Croix, Docteur de l'Église*, traduits par le père Lucien-Marie de Saint-Joseph, Carme Déchaux, Desclée de Brouwer & Cie, 1947, p. 93.

quitter sa famille, sa maison; ou à laisser partir: ses enfants, un amour, un texte à publier, le livre qui s'en va, sa vie... Dans les moments de crise, on ne voudrait parfois rien d'autre que s'accrocher à une sécurité, à un semblant de certitude, même si ces dernières clignotent en grandes lettres au néon: « Illusions » !

La création comporte à mon sens un peu de chaque voie. L'acte créateur, qui nous plonge dans l'action, est une manière d'approfondir la connaissance de soi et du monde. Exige beaucoup d'amour, de générosité et de don de soi. Nécessite le geste juste: l'équilibre des formes et des couleurs pour le peintre; la parole juste, le mot juste, l'image précise chez le poète ou l'écrivain. Cela demande une part de discipline: s'asseoir à sa table et écrire... alors qu'il fait si beau dehors! Une part d'ascèse aussi: pas toujours facile de trancher dans le vif du texte, d'élaguer, de supprimer le superflu, de reprendre la phrase. Travail de moine et de dépouillement! Toujours le détachement!

D'ailleurs, tous les chemins ne s'entrecroisent-ils pas sur la carte du monde ? Le pèlerin qui va vers Compostelle – voie de l'action – passera plusieurs heures dans le silence et la méditation, trébuchera sur des cailloux qui l'aideront à approfondir sa connaissance de lui-même (sa patience ou son exaspération) et du monde matériel (la pluie, le vent, la terre et la poussière qui colle à ses chaussures). Il devra alléger son bagage, se détacher (de ses proches, de ses humeurs – euphorie ou découragement –, de ses pensées), s'il veut arriver au but. Et sans doute recherche-t-il aussi cette mue-là: se défaire un peu de soi à chaque pas, pour revenir transformé, allégé de sa vie.

Si bien que quand je regarde la cartographie que j'avais entreprise, je me retrouve devant un tissage complexe, un écheveau de routes qui enserre le monde. Alors, vers où me diriger ?

Chat botté ou Petit Poucet ?

Je me suis engagée, il y a plus de trente ans, sur ce que j'appelle ma « petite voie » de l'écriture. Mes premiers pas, je les ai faits d'abord sur les pages de mon journal intime. À l'entrée de ce sentier, il y avait un simple écriteau, une direction : « Désir ». Et en dessous : « Kilomètres : 8 ». Huit jours ? Huit mois ? Huit ans ? Combien de temps faut-il pour fabriquer un écrivain ? Élève Villeneuve, répondez !

Ce que j'ai pris à l'époque pour le chiffre huit était en fait le symbole de l'infini. J'ai marché seule pendant une bonne dizaine d'années, jusqu'à ce que j'arrive à un carrefour. Une nouvelle flèche indiquait : « Création littéraire ». Elle me conduisait, pour la seconde fois de ma vie, à l'université. C'était vallonné, c'était fascinant. Chaque détour éveillait ma curiosité et ma joie. Nous écrivions en classe, en ateliers, avant ou après les cours, des petits groupes se formaient. *Ça* sortait de la solitude. Et *ça* marchait dans les pas des plus grands que soi, ceux qui avaient leur nom sur des pages couverture… *Ça* rêvait de bottes de sept lieues pour arriver jusque-là. (Entendons-nous bien : quand j'écris *ça*, je parle de la partie de soi nommée *désir*…) Mais les choses ne se passent pas souvent ainsi (le succès spontané, le best-seller dès la première parution, la critique élogieuse dans les journaux). C'est plutôt à petits pas qu'on y arrive.

Dans un séminaire d'une journée avec cette grande pédagogue qu'est Antonine Maillet, j'ai retenu cette histoire. Une étudiante vient la voir un jour et lui demande :

— Est-ce que je l'ai ?

— Est-ce que vous avez quoi ? lui fait-elle préciser astucieusement, sachant très bien ce que son étudiante voulait dire et ce qu'elle voulait entendre.

— Est-ce que je l'ai ?… Est-ce que j'ai ce qu'il faut ?… Vous devez bien savoir si je suis faite pour ce métier-là, vous m'avez lue, vous corrigez mes textes… Est-ce que j'ai ce qu'il faut pour devenir écrivain ?

— Mademoiselle ! Si vous êtes prête à écrire, écrire encore, et réécrire pendant vingt-cinq ans, sans savoir si cela vaut quelque chose, alors vous l'avez !

— Quoi ? Travailler pendant vingt-cinq ans sans savoir si cela vaut la peine ?

— Eh bien, Mademoiselle, vous ne l'avez pas !

Tel était mon sentier, beaucoup plus près du Petit Poucet que du Chat botté, amassant des pages et des pages pour trouver mon chemin, semant derrière moi une petite histoire par ci, une nouvelle par là. Et on s'étonne ! Et on s'excite ! C'est tout un événement le jour où une revue littéraire accepte de publier l'une de vos nouvelles ! Et on continue… Un premier livre que l'on édite soi-même, parce qu'on le veut d'une façon précise, on en a la vision, artistique, esthétique. Et on continue… Un poème par ci… un poème par là. Un jour, ça fait un recueil publié dans une vraie maison d'édition…

À quoi ça sert d'écrire, me demande-t-on parfois ? Quand on considère l'exigence et le temps, le peu de gratification (sociale et financière), l'effort pour trouver un éditeur, et quand on y arrive, la difficulté pour un auteur de vivre de ses livres… À quoi ça sert ?

Eh bien, ça sert à suivre son chemin, à écouter cette petite voix, en soi, qui dit : « Prends ta plume et écris ! » Choisis un chemin, dit la sagesse, ne t'en écarte pas. Si tu le suis jusqu'au bout, ce sera le bon. Et si on est tenté de marcher à côté de soi[4], de marcher dans les pas des autres parce que ces pas-là semblent fleuris de succès ou de joie, la petite voix nous rappelle : « Suis ton propre chemin ! »

---

4. En écho au poème de Saint-Denys Garneau : « Je marche à côté d'une joie… »

Ma cartographie personnelle commence à prendre forme… Si je dessinais la topographie de mon pays d'écriture, il y aurait le sentier abrupt de la persévérance, le banc de la contemplation des nuages, la pierre de l'intuition essentielle, le belvédère de la vision intérieure, la colline verdoyante du repos, la fontaine du recueillement, la rivière du lâcher prise, la vallée du détachement, la forêt de l'attention aux infimes mouvements de la vie, le refuge de la compassion, la clairière de la béatitude passagère… Et sur le chemin, un petit bonhomme bleu ciel qui avance avec des pas de joie !

Au moment où j'écris ces lignes, dehors, sur le patio, des hirondelles bicolores folâtrent alentour. Deux d'entre elles s'accouplent sur le rebord du toit. Il y en a une qui vient de se poser tout près de moi, sur la pointe du parasol et, ma foi, on dirait bien qu'elle me courtise… Tchît Tchît Tchît Ouitriiiii… On est en pleine saison des amours !

Du pain, du sel et des histoires

Dans tout voyage il y a des rencontres, des étrangers croisés sur la route, à une halte, ou dans une auberge où l'on s'arrête, le temps de prendre du repos. Avec l'un ou l'autre on fera parfois un bout de chemin. Le compagnon, littéralement *com pane*, est celui avec qui on partage le pain. Sur le sentier de l'écriture, les auteurs sont ces compagnons, et les livres, le pain qui nourrit le cœur, l'esprit et l'imaginaire, et qui nous met à notre tour en désir de mots. L'auteur-compagnon est celui qui nous révèle une partie de nous-mêmes, ce que l'on porte en soi, sans savoir encore qu'on le portait. « Relisez ce que vous avez souligné dans vos livres préférés, disait un de mes professeurs en création littéraire. Votre œuvre est contenue dans ces lignes. Il ne vous reste qu'à l'écrire ! »

Je ne parlerai pas des nombreux livres de psychologie qui ont nourri mon besoin de comprendre l'être humain, ce qui le blesse et ce qui le répare. Ni des précieux ouvrages issus de la sagesse universelle. Non plus de ces livres bouleversants et sublimes dont je ne me départirais pour rien au monde (ah ! douloureux détachement !), même si je ne connais pas ou prou leur auteur, n'ai lu d'eux qu'un seul ouvrage (il en est ainsi, par exemple de Jorge Semprun que je ne connais que par *L'écriture ou la vie*). Je parlerai de ceux qui ont été de véritables compagnons de route, ceux que j'ai beaucoup fréquentés ; ceux dont j'ai mangé avidement le pain, dont j'ai bu la parole comme du vin nouveau. Des auteurs littéraires qui ont ouvert pour moi la coquille des mots et m'ont entraînée au cœur même du langage.

Dire que je me suis assise à la table des poètes serait bien prétentieux. Je me suis plutôt tenue dans un coin, au bord de ma chaise, timidement, m'ouvrant à cette langue étrangère « comme un petit enfant qui apprend sa langue maternelle », pour utiliser une image d'Anne Hébert. « Celui qui aborde cette terre inconnue [...] ne se sent-il pas dépaysé, désarmé, tel un voyageur qui, après avoir marché longtemps sur des routes sèches, aveuglantes de soleil, tout à coup, entre en forêt[5] ? » J'avais peut-être toujours eu soif et faim de ces mots-là mais ne le savais pas. « Il existe pourtant des pommes et des oranges » (Marie Uguay), mais je ne les voyais pas. Je ne savais pas que « la solitude [pouvait être] rompue comme le pain par la poésie » (Anne Hébert). « Le mort a soif et demande à boire » (Saint-Denys Garneau), mais encore faut-il savoir qu'on a soif, que quelque chose en soi a soif et demande à boire, qu'on n'est « plus de ceux qui donnent, mais de ceux-là qu'il faut guérir... » « Une petite morte s'est couchée en travers de la porte » (Anne Hébert)...

---

5. A. Hébert, *op. cit.*, p. 60.

« Il fait lumière dans ta mort Gilles il fait lumière dans ma fraternelle souvenance » (Jacques Brault). J'écoute du bout du cœur et, du bout de ma mémoire, voici que mes petites morts commencent à défiler. Et quand une voix m'a demandé : « Mais dis-moi à quelle source vas-tu boire » (Roland Giguère), j'ai rougi d'ignorance. J'ai mangé et j'ai bu de ces mots-là. Pour que « le ciel se déplie et s'infiltre doucement dans les blessures ouvertes » (Roland Giguère). Pour que, « traversé le labyrinthe, l'inespérable [m]e mène au bord de l'horizon » (Jean Royer). Attendant ce « jour de rose ovaire » (Giguère) où je rejoindrais la grande marche à l'amour, toute « ensoleillée d'existence » (Gaston Miron). Dussé-je piller tous les poètes du monde pour trouver, de l'un à l'autre, le fil conducteur de ma vie !

On ne s'assoit pas non plus à la table de Marguerite Duras. On s'assoit bien droit au salon et on l'écoute parler. On écoute le vin des mots couler de sa parole. Elle ressemble, la Duras, à cette passagère du *Camion*, cette femme qui parle tout le temps, de n'importe quoi, et dont l'auteure dit à son propos : « Elle parle, elle est dans une création de tous les instants, elle est dans une écriture discontinue, sans fin[6]. » Dans mes années Duras, je lisais Duras, je mangeais Duras, j'essayais d'écrire à la Duras. J'accompagnais à un bal étrange cette étrange Lol V. Stein, et je m'endormais le soir dans les bras du *Marin de Gibraltar* ou dans ceux de *L'amant* pour être pénétrée toute entière par la langue de Duras. Écrire est une sorte de « captage », dit Duras, « une fonction devenue folle, de captage du dehors, [...] qui passe par l'engouffrement dans l'ombre interne et qui vient s'y noyer, qui meurt à la mémoire claire et puis qui, un jour, sort, là devant nous, évidemment méconnaissable, et recouvre le papier

6. Extrait d'un entretien avec Michelle Porte, in Marguerite Duras, *Le camion*, Paris, Éditions de Minuit, 1977.

blanc[7] ». Écrire à la Duras, non pas pour devenir elle, mais pour syntoniser cette « fonction devenue folle », entendre cette folle en moi qui capte tout du dehors et qui parle tout le temps. Cette « création de tous les instants » qui se déroule en nous, à notre insu.

À la table de Sylvie Germain, j'ai trouvé la force et la saveur du sel, de « longs stalactites de sel lacrymal », des « concrétions de larmes » qu'on entend parfois se briser dans les « pleurements » (*Éclats de sel*). Chez Sylvie Germain, les personnages naissent « à la frontière entre le rêve et la veille », ils « brouillent cette mince frontière » et la traversent, se font « contrebandier » ou « mendiant » pour imposer leur existence sur la page (*Les personnages*). Ils émanent de la pierre ou des lieux, ou des pages du livre, en soulevant des images et des sanglots sur leur pas (*La Pleurante des rues de Prague*). Pétris de « mémoire séculaire », ils traversent l'Histoire, poussés par les vents du malheur, en bute au silence de Dieu (*Éclats de sel*, *Immensités*, *Tobie des marais*, *Chanson des mal-aimants*). Lavés de leurs ombres, ils creusent leur solitude, fortifient leur compassion, apprennent à lire l'invisible… Contes fantastiques, vérités devenues fables, « souffles d'Apocalypse » (*Le livre des nuits*, *Nuit-d'Ambre*, *Jours de colère*) ? Je pillais ses pages lumineuses et j'emplissais mon baluchon de mots étranges et « trémulants », éblouissants de « neige micacée ». Je reprenais mon « chemin bourbeux », tantôt « galvaudeuse » tantôt « pythonisse », le « cœur en déhiscence », la tête emplie de personnages « taiseux » ou « ensauvagés ». Les mots entraient en vibration et scandaient mes pas, tandis qu'un « fétu de lune » se dessinait dans la « nuit ocellée »…

Ah ! Ce que j'ai marché avec Gabrielle Roy ! J'ai marché à en avoir des ampoules aux pieds mais de la joie au cœur.

7. *Ibid.*

J'ai arpenté Saint-Henri avec Florentine Lacasse (*Bonheur d'occasion*). De *La Petite Poule d'Eau* à la *Rue Deschambault* en passant par le voyage d'*Alexandre Chenevert* (qui essaie de prendre congé de sa vie pendant deux semaines dans une cabane de trappeur), j'approfondissais le drame humain et sa quête incessante de bonheur, je touchais la vie bonne malgré la présence du chagrin. Je redécouvrais les différents visages de mon pays, le printemps de chez nous, et l'humour de Gabrielle Roy à travers un Christ en croix branché sur une boîte électrique… J'ai gravi avec Pierre Cadorai *La montagne secrète* et sa quête sans fin. Sur *La route d'Altamont*, j'ai reconnu mon désir de « nomadisme » et d'aventure, lié à la douloureuse nécessité de la séparation. À côté de cette voix, tyrannique parfois et qui dit « il faut partir », la présence des « choses sans importance » qui illumine la vie. *La rivière sans repos* m'a rendu l'incommensurable douleur des mères. *Cet été qui chantait*, avec sa grenouille au « caractère porté à voir le bon côté des choses », avec ses lucioles porteuses de lumière, me rappelait qu'il y a du bonheur dans les vastes champs de la vie. Il y a *Un jardin au bout du monde*, au-delà de la plaine impitoyable et des vents. Je notais aussi que les êtres dont nous croisons la route ou le regard nous demandent parfois, du fond de leur silence : « Raconte mon histoire ! » Que, sur cette terre aux lumières fragiles, le bonheur ne se trouve pas dans une perspective immédiate : « Nous savons que nous sommes conviés à parcourir un rude et long chemin vers un but obscur qu'on appelle salut, progrès, évolution, universalité ou fraternité » (*Fragiles lumières de la terre*). Marcher sur les sentiers de Gabrielle Roy, dans la « détresse » aussi bien que dans « l'enchantement », à travers les images et les visages d'un pays, c'est se désaltérer aux sources mêmes de l'âme humaine.

L'enseigne où loge l'œuvre d'Iris Murdoch est une joyeuse auberge où l'on fait bombance et ripaille. On s'assoit autour de la table avec une bonne bouteille et on écoute cette philosophe romancière raconter des histoires. « Ah ! Vous ne savez pas la dernière ? Il se passe des choses insoupçonnables dans cette communauté… (*Les cloches*). Paraît-il que le pasteur de ce presbytère n'a rien de très angélique… (*Les angéliques*). Quand Charles a pris sa retraite… (*La mer, la mer*). » On entre dans un univers de chassés-croisés où les secrets sont percés, où les motifs personnels transparaissent derrière les sentiments nobles, avec ce plaisir suave de transgresser des interdits et de commettre de charmantes indiscrétions. On écoute sous les fenêtres ou derrière les portes, on entre dans les maisons (*La mer, la mer* ; *Les angéliques* ; *Sous le filet* ; *Le rêve de Bruno*) et dérobe des objets : ici, des lettres ou un timbre de collection (*Le rêve de Bruno*) ; là, des cloches (*Les cloches*), un tableau (*Les angéliques*) ou un chien (*Sous le filet*). Dans les combats que mènent les personnages aux prises avec leurs dualités ou avec des forces obscures, le symbolisme intervient : la brume enveloppe la ville, les dragons sortent de la mer, la Tamise déborde… À tout coup, l'irrationnel fait irruption et vient bouleverser l'univers avant de faire place à un ordre nouveau où les anges, mine de rien, par l'intermédiaire de certains êtres, s'en sont peut-être mêlés… On quitte l'auberge le sourire aux lèvres, repu de mystère et d'intrigues savoureuses, ébahi par l'incroyable complexité du monde, comprenant que la vérité est intolérable – c'est pourquoi nous nous racontons des histoires –, que le bonheur est une grâce, que l'amour unifie… Et avec cette question jamais résolue : « Mais, enfin, qui est Dieu ? »

« Eh ! Oh ! Toi, là-bas ! *Où cours-tu ? Ne sais-tu pas que le ciel est en toi ?* » Qui est là ? Qui m'interpelle ainsi sur le sentier des mots ? Personne à l'horizon. Pas d'auberge. Mais un château au loin. S'agit-il d'une vision ? Une lubie de mon imagination : le « château » de mon âme ? Ou est-ce celui, bien réel, où vivait, près de Vienne, l'essayiste et romancière française Christiane Singer ? (*Les cahiers d'une hypocrite, Histoire d'âme, Rastenberg, Du bon usage des crises, Éloge du mariage, de l'engagement et autres folies, Les sept nuits de la reine*, etc.). Quand j'ai appris sa mort, en avril 2007, je me suis sentie en deuil. Qui, désormais, ralentira ma course effrénée ? Qui tiendra mon âme en éveil, viendra me rappeler l'essentiel, me fera traverser le miroir pour découvrir cette « mémoire lumineuse », en soi, malgré l'oubli originel et la brume qui nous enveloppe ? Qui m'enjoindra d'écrire jusqu'à ce que le « numineux entre en fraude et se tien[ne] là », en « visiteur invisible » sur ma page ? Qui me montrera, sous les formes diverses du récit, sous la densité des mots, les métamorphoses qui s'opèrent dans « l'alambic de la nuit » ? Mais on lui pardonne ce départ précipité – à l'âge de 64 ans –, on se console en considérant la richesse de l'héritage, jusqu'à ce cadeau ultime, *Derniers fragments d'un long voyage*, écrit dans les derniers mois de sa vie. Une œuvre profonde et nourrissante qui héberge ce double mystère : celui de la souffrance qui « rabote le cœur jusqu'à la transparence » et celui de l'amour qui l'illumine. Faire escale dans l'œuvre de Christiane Singer, c'est se rassasier à la table des reines et des rois.

Et chaque fois, après une rencontre profonde avec un auteur-compagnon, on reprend sa route solitaire avec des mots qui marchent en soi, avec des mots sur lesquels on prend appui, telles des pierres qui permettent de franchir un passage incertain.

Et si les mots étaient des « pierres de gué » pour nous conduire jusqu'aux sens ? Au sens ?

Des sens et du sens

Il y a du corps dans l'écriture. Il y a un rythme qui se saisit des mots et les emporte, il y a un souffle, une musique, une voix. Il y a des images, des métaphores venues du « corps imaginant ». Quand je descendais le sentier muletier qui mène au moulin de la Foux, dans le Larzac, les cailloux roulaient sous mes pieds, les genets imprimaient en moi des taches de couleur, j'entendais le chant des cigales et je sentais la chaleur écrasante du jour. Lorsque je me suis assise au bord du torrent pour écrire, une histoire tragique et belle surgie du « corps imaginant » est tombée sur la page : celle de Roussette, ânesse patiente et dévouée, et de son maître fou, Mathurin. Avant même que ne se forment les images et les mots, il y avait des sensations en moi, il y avait cette marche, ce rythme. Et il a suffi d'une proposition d'écriture : « Trop, c'est trop… » pour que les sensations amassées s'associent à la rumeur infernale du torrent et déclenchent en moi cette histoire. De l'expérience sensori-motrice, qui conduit aux images et s'élabore ensuite en mots, naît donc le texte. Et ce dernier viendra rejoindre le lecteur dans sa propre sensibilité, évoquant chez lui, par associations, de nouvelles images, véhiculant ses émotions.

Il y a du corps dans l'écriture. Il y a des sens. J'écris « lavande » et je vois le mauve velouté des champs de Provence, je sens le vent chaud sur mon visage, l'odeur du thym. J'écris « odeur » et celle du lilas, pleinement épanoui en ce moment et dont une gerbe embaume la cuisine, attire soudain mon attention. Et voici que d'autres lilas surgissent dans ma mémoire et veulent la place. Celui que ma mère avait planté derrière sa dernière maison. Celui du matin de sa mort quand, sortant de l'hôpital, je retrouvais dans ma cour le lilas bellement fleuri. Celui de l'enfance, devant la maison de mes grands-parents… Chaque image, par association, renvoie à des odeurs, à des souvenirs, à des visages et à des voix. Il y a cette mémoire en nous, ce « logement » où tout s'engouffre et se dépose, qui « passe par l'oubli » avant de resurgir, transformé, sur la page. Métaphorisé.

Il y a du corps sexué dans l'écrit. Du féminin et du masculin s'y côtoient. « Du même amour / je me sens tantôt l'homme / et tantôt la femme », écrit Marie Uguay. Paraphrasant ce très beau vers, je dis : « De la même écriture, je me sens tantôt l'homme et tantôt la femme »… À peine ai-je écrit cette phrase que les mots « terre fécondée », « épousailles », « danse », « mariage » flirtent avec mon esprit… Comme si, quand l'inspiration se présente, nous étions conviés à une noce… Les muses lancent leur faire-part. Le vent souffle, il y a des phrases à saisir, encore faut-il les attraper. La plume se dresse. Ose le premier mot comme on courtise une belle. Séduit la première phrase. Déflore la page blanche.

Et si l'inspiration se refuse – car les muses parfois se refusent –, alors il faut partir en chasse. Attendre dans une cache l'arrivée du premier mot. Flairer la piste. Attraper les idées au lasso. Prendre l'inspiration par les cornes. Débusquer les images… Lasso, arc et flèches. De quoi atteindre les mots en plein cœur. Coucher la proie sur la page… Puis, descendre la rivière sauvage de l'imaginaire. Être brousse, flore secrète, chevelure emmêlée du texte qui se déploie. Décoiffer l'écriture trop sage. Passer chaque mot au peigne fin.

Et puis, frémir de plaisir. Réaliser l'union mystique du verbe et de la chair. Célébrer le mariage des mots… Publier le texte comme on publie les bans. Comme on présente son épousée. La défendre aux yeux du monde, la faire sienne. Debout. Publiquement. L'afficher. Non pas que le texte soit faible femme et ne puisse se tenir par lui-même. Mais par fierté. Parce qu'on en connaît la beauté. L'épousée s'avance devant le lecteur. Le texte lève son voile, se laisse lentement décrypter.

Je me sens femme, indiscutablement femme quand j'écris. Une écriture de femme. Voix de l'intime. Des profondeurs. *Anima*. Mais en y regardant de plus près, on y décèle le travail de l'*animus*. Dans les coulisses. Vent qui souffle ses pollens fécondants. Et sur le devant de la scène. Oser. Publier. S'affirmer.

Il y a de l'éros dans l'écrit. Des ombres qui nous poursuivent et nous harcèlent jusque dans la nuit. Eh ! Oh ! Qu'est-ce qui m'éveille ainsi ? Qui est ce « visiteur », cette « visiteuse » coupable de mes insomnies ? Une muse avec sa robe de fantasmes venue pour séduire mon esprit ? Un malin génie empoignant galamment ma psyché ? Je croyais pouvoir dormir tranquille, je ne m'en tirerai pas ainsi : de cette rencontre, il me faudra accoucher d'un écrit… J'allumerai donc ma lampe pour noter le mot ou la phrase qui me réclament – ainsi que l'amoureux se lèverait en pleine nuit pour l'amante assoiffée réclamant un verre d'eau –, et j'écrirai des signes porteurs de vie sur le néant de la page blanche.

Écrire est une activité qui engage l'être tout entier. Une expression humaine ancrée dans un corps d'homme ou de femme désirant. D'homme et de femme en désir de complétude, de totalité. Les tensions engendrées par nos dualités et le besoin de les harmoniser, harmoniser en soi le féminin et le masculin, le pôle passif et le pôle actif, la vie et la mort, le dehors et le dedans, sont un puissant moteur pour la création. Comme s'il y avait un dynamisme interne qui nous poussait à intégrer, à unifier ce qui ne l'est pas, et qui fournit l'énergie pulsionnelle indispensable au travail créateur[8].

Une idée germe un jour. Une vision se profile, un titre s'impose… *L'écriture comme chemin*… Le vent vient de souffler un pollen fécondant (pôle passif). C'est parti. Le projet naît. Et le travail commence (pôle actif). Lectures de textes déjà écrits, prises de notes, idées nouvelles. Des bouts de textes tombent sur la page. Accumulation au-dehors tandis qu'au-dedans, *ça* travaille… En moi. Mon couple

---

8. Christian David, « Écriture, sexe, bisexualité », in *Nouvelle revue de psychanalyse*, nº 16, automne 1977.

intérieur. L'esprit rationnel étudie la question, mon être sensible cherche les mots du désir. Danse ou affrontement ? (On voudrait danse plutôt qu'affrontement.) L'appareil psychique est en chantier. Organise et trie les idées dans la clarté du jour (élaboration consciente), se débarrasse des résidus – ou les transforme – dans les coulisses de la nuit (élaboration inconsciente). Chaos et confusion des premiers temps de la création… Gestalt en gestation…

De l'incertitude du départ, d'un mot, d'un titre, d'une première phrase lancée sur la piste, émergera peu à peu le sens. Le sens n'est pas donné d'emblée. Il se construit en cours de route. À coups de mots et de phrases, tels des sentiers que l'on défriche dans les taillis de l'imaginaire. Le paysage se révèle lentement, parfois surprenant, et le résultat final diffère souvent de la vision du départ, à notre grand étonnement !

Ordre et désordre. C'est cela aussi créer. Écrire, c'est s'insérer dans l'ordre du langage. Mais aussi bousculer cet ordre en vue d'un ordre nouveau. Risquer d'y perdre son identité. Rencontrer des brèches, des craquelures sur le sentier des mots par où la créativité, cette herbe folle, cherche un passage. Cela aussi il le faut. Il faut la craquelure et l'herbe folle, son audace, son acharnement à pousser.

S'il y a du corps dans tout texte, l'écriture n'est pas que corps, elle est avant tout langage. Elle requiert la fonction symbolique, le passage par le mental et par les mots, la « métaphorisation » du corps et de l'expérience.

Elle est aussi fonction désirante. L'éros même. Ce qui lie. Le liant. En soi. Ce qui lie en soi les îles éparses. Ce qui me lie à l'autre, lecteur fraternel qui cherche sa propre voix à travers la mienne. Elle est ce lieu de tous les possibles, ce lieu qui contient à la fois le fini et l'infini, le personnel et l'universel, toi, moi, la source et l'origine, ce lieu d'où tout part et où tous nous revenons.

« On raconte que, dans sa jeunesse, le poète chinois Han Fook était animé par un extraordinaire désir de s'instruire et de se perfectionner dans tout ce qui touchait de près ou de loin à l'art poétique. » Ainsi commence *Le poète chinois*, de Herman Hesse, l'histoire d'un homme qui « ne goûterait un véritable bonheur et ne se sentirait profondément comblé que le jour où il réussirait à refléter si parfaitement la beauté du monde dans ses poèmes que, dans ces images réfléchies, il posséderait le monde lui-même, épuré et immortalisé ![9] »

Nous n'en sommes pas là. Nous n'en sommes pas à refléter la parfaite beauté du monde dans nos textes, quand bien même on le voudrait. Le chemin est encore long. A-t-il même une fin ? Il a pourtant eu un début. Il faut bien commencer quelque part…

— Écrivez votre date de naissance… Puis, votre lieu de naissance… Un événement s'est produit ce jour-là, en ce lieu-là, un événement qui a changé le cours des choses… Écrivez !

— Ça commence raide ! rouspète une participante.

Vendredi soir, 19 heures, on débute un stage intitulé « Voyages et voyageries ». Le moins de paroles possible quand on commence un atelier. Il faut plonger. Écrivez !

— Ce jour-là, la reine Elizabeth et le roi George VI étaient en visite à Québec, de commencer l'aînée du groupe qui réclame, en riant, le privilège de lire la première, étant donné son âge…

— Ce jour-là, dans un village frontalier, d'ancêtres déportés d'Acadie…

— C'était la guerre et mon père ne fut pas soldat… Je suis née la tête triangulaire…

---

9. H. Hesse, *Le poète chinois*, trad. de l'allemand par E. Beaujon, Paris, Calman-Lévy, 1982 (1914), p. 8-9.

— Pendant que le général De Gaulle était à Londres, Asbestos vécut le Grand Débarquement… Je naissais !

— Dans un petit village de Beauce, au beau milieu d'une tempête, alors qu'on cherchait le médecin…

— Ce jour-là, dans un village au bord du fleuve, un homme court et entre essoufflé chez le marchand du coin : « Le bébé est arrivé ! »…

— Ce jour-là, après une série de garçons, une femme de trente ans accouche de sa première fille. « Enfin, des vêtements roses ! »…

— Pour célébrer l'arrivée d'une troisième « poule » dans la famille, le père acheta une télévision…

— Dans un village tricoté serré, arrivent les jumeaux Ti-Noir et Ti-Rouge…

— Il y eut erreur sur l'identité ou dans les constellations. On attendait un garçon…

Après avoir lu son texte, chacun appose un autocollant de couleur vive, comme une petite lumière clignotante, une luciole, sur la carte géographique affichée au mur. Naître, arriver quelque part, en un endroit précis du globe, change le cours des choses. Quelqu'un est là, dorénavant, qui n'y était pas avant. Cela bouleverse l'ordre d'une famille – pour le meilleur ou pour le pire –, voire d'une communauté tout entière. Chose certaine, l'univers, chaque fois, s'agrandit. Et depuis ce point minuscule sur la carte du monde, jusqu'au point final de sa vie, ce quelqu'un-là va continuer d'agrandir l'univers. De le peupler d'autres êtres. D'y faire pousser des maisons, des arbres, des fleurs, des histoires, des livres, des tableaux… D'échanger des paroles, des accolades, des poignées de mains, des pleurs, des sourires… Et ce quelqu'un-là, à travers les autres et les événements de sa vie, continuera d'étendre les frontières de son pays intérieur.

Nous avons tissé, ce soir-là, un premier réseau de points, de lignes et de croisements, d'après la géographie de nos origines. Et nous avons continué à explorer le monde tout au long du week-end. Papier crayon en main, nous avons voyagé par avion, par train, à bicyclette ou en patins ; à dos d'âne ou de chameau ; dans un pousse-pousse chinois ou à bord d'une gondole à Venise… Nous avons peuplé la page de personnages, réels ou fictifs. De ceux qui traversent des déserts d'ocre rouge ou qui piratent les mers des Caraïbes… De ceux qui vagabondent entre les quatre murs de leur chambre, en suivant leur mémoire ou le déplacement d'une mouche ; de ceux qui passent toute une vie à la « fenêtre du nord », ou qui s'aventurent sur les lignes de la main… De Saint-Petersbourg à Calgary, en passant par la Toscane et Paris, nous avons parcouru des rues, des eaux, des villes. Le lointain et le proche. Cette roche, derrière la maison, où nous allons nous asseoir et rêver… Ce sapin au bout du champ… Le monde, avec ses tissus flamboyants et ses effluves qui nous arrivent parfois par les autres, par le voisin ou l'étranger, à travers une carte postale ou un timbre-poste. Le monde avec sa rumeur, ses images télévisées, ses musiques qui voyagent en nous… Mais encore l'univers mythique, celui de nos songes profonds. Ces noms légendaires de villes et de lieux – tout aussi légendaires parfois –, qui traversent les livres et les films en laissant des empreintes en nos imaginaires. Un arbre… Un brouillard…

« Un homme se fixe la tâche de dessiner le monde. Tout au long des années, il peuple l'espace d'images de provinces, de royaumes, de montagnes, de golfes, de vaisseaux, de maisons, d'instruments, d'astres, de chevaux et de personnes. Peu avant de mourir il découvre que ce patient labyrinthe de lignes trace l'image de son visage[10]. »

---

10. J. L. Borges, « L'auteur », in *Œuvres complètes*, Jean Pierre Bernès (dir.), tome II, trad. de l'espagnol par Paul Bénichou, Sylvia Bénichou-Roubaud, Jean Pierre Bernès, Roger Caillois, René L.-F. Durand, Laure

Nous avons peuplé la page et recréé le monde au bout de nos crayons, tels des enfants passionnés par leur jeu, sans savoir qu'à travers ce jeu nous dessinions peu à peu… nos visages.

Ces lieux qui nous guérissent

Il vient un temps où nous savons que nous ne pourrons pas réaliser tous nos rêves, qu'il faut faire le deuil de certains d'entre eux (terrible détachement !). Ainsi, pour moi, ce rêve de marcher sur le chemin de Compostelle. Hélas ! je n'ai pas le physique de l'emploi. Je ne ferai pas Compostelle mais je « composte » sur ma page depuis si longtemps que j'oublie parfois où je vais. Là-bas. Vers un lieu que je sais plus grand que moi.

Que cherche le pèlerin sur les routes du monde ? Celui qui va vers La Mecque ? Cet autre qui va vers Rome ou vers Jérusalem ? Le moine ou l'étranger dans son ascension vers un lointain monastère ? Chaque culture a son Lourdes, son Fatima, ses eaux régénératrices, ses vieilles pierres, ses grottes, ses cathédrales, ses oratoires, comme les Anciens avaient leur temple d'Esculape. Des lieux qui nécessitent un voyage, un déplacement, et dont les derniers pas, les dernières marches se franchissent parfois à genoux. Celui qui va là-bas espère quelque chose d'intangible, de mystérieux. Il attend parfois le miracle qui bouleversera sa vie, favorisera sa guérison ou celle d'un proche. Il est animé par la foi et l'espérance en cette rencontre hors du commun qui le ramènera chez lui, transformé par l'expérience.

Que cherche tout voyageur, sinon une rencontre avec lui-même, avec une part de lui peut-être oubliée ? Au bout

---

Guille, Nestor Ibarra, Françoise Rosset, Claire Staub et Paul Verdevoye, Paris, Gallimard/La Pléiade, 1999, p. 61.

de tout voyage, comme au centre de toute écriture, de toute poésie, se trouve un pays. Ne s'éloigne-t-on pas pour mieux habiter sa propre demeure ? On part pour « changer le mal de place », ou pour voir autre chose. Pour sortir de soi ou, au contraire, pour mieux se retrouver. On veut revoir un pays d'origine, ou découvrir la trace d'ancêtres lointains – tel un pèlerinage aux sources – afin de recoller le puzzle de sa vie. Et on s'en va parfois parce qu'en son propre pays, sur sa terre natale, le bonheur n'y est pas : la vie n'est pas suffisamment bonne, ou carrément invivable. C'est l'exil. L'immigration. Le rêve d'un ailleurs meilleur, de grands espaces, d'abondance ou de liberté.

Mais il arrive que le rêve ne tienne pas sa promesse, que le miracle attendu ne se produise pas – pas tout de suite du moins –, ou que le projet tourne au cauchemar. On se retrouve étranger, enfermé dans sa tête et dans ses sensations, envahi par le sentiment aigu de sa solitude et de sa fragilité.

C'est ce qu'éprouve un jour le héros de François Cheng, dans *Le dit de Tianyi*[11]. Chinois d'origine qui a connu autrefois les bouleversements de son pays, le narrateur, venu en Europe pour étudier les arts, évoque un grand moment de détresse. Alors qu'il attend un car sous la pluie battante et froide, un soir, le chauffeur ne le voit pas. Il monte, deux heures plus tard, dans le car suivant, trempé jusqu'aux os, grelottant, plus seul au monde et désespéré que jamais, essayant d'accrocher un regard, un sourire qui le réchaufferait. Et voilà que, claquant des dents sur son siège, il entend Van Gogh lui souffler à l'oreille : « Ne te désole pas, ne te tourmente pas, laisse le destin enfoncer son clou en toi jusqu'aux os ; c'est ainsi qu'on parvient à faire ressortir quelque chose de significatif. Cette vie humaine est impénétrable

11. F. Cheng, *Le dit de Tianyi*, Paris, Albin Michel, 1998.

mais elle est pleine de sens. Fixe ton but et vas-y tout droit, sans trop te demander si tu y arriveras… » Devant des tableaux qu'il contemple le lendemain, une idée lui traverse l'esprit : « Ces toiles que j'admire en ce moment, dans l'état où je me trouve, me sont-elles de quelque secours ? Me guérissent-elles de ma peur, de ma soif, de ma blessure, de ma solitude ? » Cette interrogation lui procure d'abord de la honte : « Réduire la fonction de l'art à une thérapie ? » Mais il tient bon, refusant de « suivre servilement les manuels d'histoire de l'art » et de s'en remettre aux critères imposés de l'extérieur. « Désormais, dit-il, j'aurais ma propre clé. Devant toute œuvre, je mettrais en avant mon état "maladif" et me demanderais chaque fois si oui ou non elle me guérit, me comble, me tire hors des ornières du dégoût et me réconcilie avec la vraie vie[12]. »

Il y a des œuvres qui nous apaisent. Il y a des tableaux. Il y a des livres qui nous réconfortent et qui nous fortifient – ainsi, pour moi, ce roman de François Tcheng. Il y a la Beauté.

« Quels sont ces lieux qui vous guérissent, qui vous "tirent hors des ornières" du quotidien, vous délivrent un moment de paix ? Écrivez ! » Quand j'ai proposé cette activité d'écriture dans un atelier, j'ai découvert des pays intimes, des lieux qui ne demandent parfois, pour y accéder, qu'un minime déplacement : à pied, à vélo ou en soi. Pour l'un, c'est « le chemin des oies… » Pour l'autre, « une chambre secrète… » « Marcher sur ma terre, parcourir la forêt en pente, la forêt qui enchante… » « Un ange aimé qui m'accompagne et me suit ; il est là, il a toujours été là… » « Le lieu de la grâce, les odeurs de terre chauffée… » « Mon lit : un radeau qui tangue au centre des quatre points cardinaux… » « Mon lit aussi, tel les bras d'un amant accueillant… » « Là où je me sens aimée

12. *Ibid.*, p. 220-221.

telle que je suis, avec mes creux et mes montagnes… » « Des arbres qui se dressent sur un fond de silence, la force des outardes… » « Le trajet imprévisible de l'écriture, mes pages du matin… » « Mon club de lecture, cette longue amitié féminine qui s'est tissée autour des livres… » « C'est là où j'ai besoin d'être… C'est là où réside ma neutralité bienveillante… »

Je ne ferai pas Compostelle, mais j'ai mon petit monastère. L'écriture est ce lieu qui me guérit, me transforme et me convie au dépassement. J'y rencontre parfois d'inoubliables moments de paix.

Je marche dans les pas de ma joie

Je roule dans ma voiture, sans but – comme je le faisais souvent à cette époque, en sortant de mon bureau, le soir. J'ai pris l'autoroute et je roule, juste pour faire des kilomètres, pour respirer, pour prendre une distance ou m'entendre vivre, avant de rentrer chez moi… La nuit est calme. C'est l'automne. Et un poème, lentement, se forme en moi.

Je roule roule sur l'autoroute de mon existence
Sans m'arrêter
J'avance, je pénètre et déchire la nuit
Et je découvre un bonheur silencieux, discret, secret
J'AIME

Grisée, ivre
La lune guide mes pas
Je ne sais pas où je vais mais CELA le sait en moi
Une musique toute chaude monte en mon âme
Oh paix, douce paix !

C'était le jour de mon 33e anniversaire de naissance. Ce bonheur qui montait en moi ne venait d'aucun événement extérieur. Je n'étais pas ivre d'alcool. Mais de joie. D'une joie soudaine qui m'arrivait comme un cadeau. Un bonheur fugace, une sensation d'univers qui se produit dans un moment où on ne s'y attend pas, quand une brèche ouvre l'âme et que la nuit tout entière s'y infiltre, avec sa lune ronde et son mystère empli d'amour. Je ne savais pas où j'allais, mais quelque chose, quelqu'un en moi le savait. Cela s'appelait Présence, ou « petite voix ». Je ne savais pas encore que l'écriture allait être, que l'écriture *était* mon chemin. Mais Présence le savait.

Depuis cette lointaine nuit où je roulais dans ma voiture – il y a de cela vingt-cinq ans –, j'ai déroulé des kilomètres de mots sur les lignes étroites de la page. Était-ce pour retrouver cette joie ? Ou le chant d'amour, les mots, venus en même temps ? Je ne peux dissocier les deux.

Ce matin, à mon réveil, une phrase est tombée sur la page :

Je marche dans les pas de ma joie.

REMERCIEMENTS

Ce long trajet d'écriture est parsemé de rencontres bénéfiques. Ma reconnaissance va d'abord à mes collègues de l'Association québécoise de Gestalt, pour la richesse apportée sur la route de la formation, du partage et de la réflexion. Un merci particulier à ceux du comité de la *Revue québécoise de Gestalt* qui ont accueilli avec enthousiasme, entre 1997 et 2004, mes articles sur l'écriture et la création. Ces articles m'ont permis de défricher les premiers sentiers de ce livre. Je souligne la halte stimulante que j'ai faite au sein du comité de rédaction de la revue, entre 2000 et 2003 : merci à Janine Corbeil, Diane Dulude, Marie-Claude Denis, Nicole Fortier, Louise Miron, Danielle Poupard, les membres de l'époque, auxquelles se sont joints Christiane Asselin et Marc-Simon Drouin. Ces années de fructueux échanges et d'amicale collaboration furent particulièrement inspirantes.

Mes collègues de l'Association québécoise de Gestalt, ce sont aussi ceux des ateliers : le groupe Écrivance, celui des samedis chez Danielle, le groupe de Maryse la rassembleuse. Merci aux personnes dont la maison ou les bureaux ont hébergé nos rencontres en ces temps où je « baluchonnais » mes ateliers. Aux compagnes et compagnons de route, un grand merci pour ces escales conviviales, pour la générosité, pour ces années d'écriture au cours desquelles mûrissait mon *credo*.

Il y eut une heureuse croisée de chemin pour moi quand je me suis reliée au Réseau québécois pour la pratique des histoires de vie. Je remercie Louise Bourdages de m'y avoir invitée en 1996 à l'occasion du 3e symposium du réseau. Ce riche lieu d'échange et de réflexion qui regroupe des chercheurs, des intervenants et des formateurs de pratiques diverses et d'horizons variés m'a permis, depuis dix ans, d'élargir ma vision des histoires de vie.

Je suis redevable aussi à la présence bienveillante de « mon comité de lecture et de soutien ». Mes remerciements à Céline Cyr, écrivaine et amie, pour m'avoir convaincue il y a un an qu'il me fallait écrire ce livre, pour ses patientes relectures et ses encouragements dans les moments de doute. Merci à Sabine Anctil, qui a lu une première version du manuscrit avec une intuition et une pensée justes. À Marie-Claude Denis, pour sa précieuse estime et sa confiance inébranlable en la vie. À Jeanpierre Masson, mon compagnon attentionné et premier lecteur, qui est aussi un pédagogue créatif, un « sage » et un critique judicieux.

Merci à monsieur Antoine Del Busso, directeur des éditions Fides, pour sa confiance et son accueil chaleureux ; ainsi qu'à madame Marie-Andrée Lamontagne pour la rigueur et la qualité du travail d'édition.

Enfin, les paysages de ce livre ne seraient pas les mêmes sans les mots et les voix de participants à divers ateliers. Je leur exprime, ainsi qu'à toutes les personnes que j'ai accompagnées par la parole ou par l'écriture depuis plusieurs années, ma profonde gratitude : pour leur qualité de présence qui, sans cesse, me pousse à avancer, pour leur bouillonnement créateur toujours stimulant et pour l'émerveillement que me crée la singularité de chaque univers.

TABLE

Ce livre a été imprimé au Québec en août 2007
sur du papier entièrement recyclé
sur les presses de l'imprimerie Gauvin.